DREAM

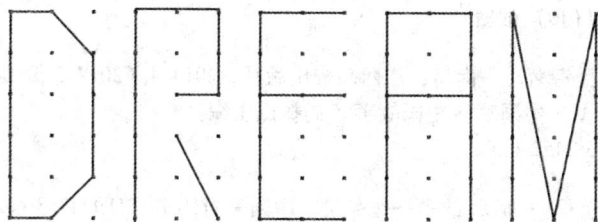

少年梦·青春梦·中国梦:中国故事

青青的果子

徐慧芬 著

江西高校出版社
JIANGXI UNIVERSITIES AND COLLEGES PRESS

图书在版编目（CIP）数据

青青的果子/徐慧芬著. —南昌：江西高校出版社，2014.4（2017.5 重印）
（少年梦·青春梦·中国梦：中国故事／尚振山主编）
ISBN 978-7-5493-2452-1

Ⅰ.①青… Ⅱ.①徐… Ⅲ.①故事—作品集—中国—当代 Ⅳ.①I247.8

中国版本图书馆 CIP 数据核字（2014）第 066561 号

出 版 发 行	江西高校出版社
社　　　址	江西省南昌市洪都北大道 96 号
邮 政 编 码	330046
编 辑 电 话	（0791）88170528
销 售 电 话	（0791）88170198
网　　　址	www.juacp.com
印　　　刷	北京一鑫印务有限公司
照　　　排	麒麟传媒
经　　　销	各地新华书店
开　　　本	710mm×1000mm　1/16
印　　　张	14.5
字　　　数	208 千字
版　　　次	2014 年 6 月第 1 版 2017 年 5 月第 2 次印刷
书　　　号	ISBN 978-7-5493-2452-1
定　　　价	28.00 元

赣版权登字-07-2014-147

[目 录]
CONTENTS

费　姨

　　费姨是我姑妈家的邻居。她的个性是她这一辈女性中不多见的。她在人生紧要处所表现出来的那种大气、睿智、幽默一直深深地吸引着我。

　　美丽的故事，来自她婚姻的传说。

　　费姨美丽而不漂亮。美丽的是一双会说话的眼睛和一架高高的鼻梁。不漂亮的是鼻子以下的那部分。因为小时候跌了一跤，下颌骨没长好，以致整个下颌连同嘴巴有一点偏。

　　该恋爱的时候，家人、亲戚和熟人都有点为她犯愁。费姨说，我都不愁，你们愁什么？她能画会写，还会弹一手好钢琴，要求自然不低。可是人们明示暗示她，白璧微瑕，而且这瑕还不算微，总该找个也有点疵的才般配。

　　费姨不理睬，依然找她的白马王子。她看中了一个常在报刊上发表诗文的工人作家。费姨写了一封信附了一张照片给作家。言辞热烈又庄重，照片拍得美极了。年轻的姑娘手持一朵玫瑰花放在嘴边，眉目含情，亦娇亦羞。

　　通了几封信后，工人作家满怀憧憬来了。看到费姨大为吃惊，编了个美丽的谎言，告辞了。

　　费姨明白作家的意思，又写了一封信约他来，说，不为别的，只是他丢失了一样东西，请他务必来取。

作家疑惑的来了。费姨开门见山地说，我的照片让你心动，相貌又让你心酸。但是看人不可只看外貌。上次看人你只用了一双眼睛。作为作家，你少了一双观察人内质的眼睛是不行的。现在我要还你丢失的另一双眼睛。

于是费姨搬出了她画的画，取出了她绣的花，又拿出了一堆她制作的工艺品。会响的风铃叮叮当当，不会响的泥塑是猪八戒吃西瓜，作家乐了。

最后，费姨又坐到钢琴前，对作家说，你要走了，我唱支歌为你送行吧。琴键跳跃，歌声激荡。费姨唱起了《深深的海洋》，那是五十年代流行的一支南斯拉夫情歌。当最后一个音符消失的时候，作家的一双眼睛已是晶莹剔透。

就这样，费姨给了作家另一双眼睛。他们不顾旁人异样的眼光，甜蜜地结合了。

作家确实获得了一双好眼睛。一九五七年，作家打成右派，发配大西北，不忍连累年轻的妻子，主动提出离婚。费姨牵起丈夫的手，将那首民歌《在那遥远的地方》唱成：在那遥远的地方，有位右派郎，我愿做一个右婆娘，跟他到远方……于是，苦难中的丈夫破涕而笑。

一九六六年，早已失业的丈夫又受到了空前的"重视"。第一次批斗回来，费姨瞅着脸色煞白的丈夫，二话没说，借了一把理发推子，把丈夫一头白发推了个精光。又花了一个晚上，精心做了一顶高帽子，帽子两侧生出一对"牛角"来，高帽上画了个魔鬼样，上书"打倒牛鬼蛇神"几个字。第二天批斗，丈夫就把高帽自觉套上。造反派看到，笑了。高帽子滑稽又好玩，坏分子认罪很自觉。丈夫心里也暗暗乐了，帽子又轻又暖和，挡住了风寒，一毛不剩的光头，看你往哪儿揪头发。

从五十年代到改革开放，费姨一遍又一遍为丈夫唱起情歌。相伴走了三十多年，丈夫终于先费姨而去，而一双儿女又去了异国他乡，六十六岁的费姨有些孤单了。

费姨在公园里锻炼。她能歌善舞，多才多艺，加上与生俱来的幽默，自然成了老年圈子里的中心。或许老年人择偶已不太重外貌了，两位丧偶男士，一个退休工程师，一个退休教师，两个人暗暗较上了劲。可是费姨对谁都是那样的热情，那样的亲热，让他们都认为自己才是费姨看中的人。

可是，让两个文化人百思不得其解的是，费姨最终竟看上了一个跛脚的种花匠。

一次路上，我碰见了费姨，说出了自己的疑惑。费姨眨着眼睛说，为什么呢？我觉得那两个人缺少一点文化气！工程师与教师竟缺少文化气？此话怎讲？费姨附在我耳边，轻轻告诉我，通过公园里老年人组织的一次钓鱼活动，她使了一个小小的诡计，看出了那两个高文化的人不及那个低文化的有文化气。我忍不住笑了出来。费姨说，以后跟你仔细讲讲，提供一点小说素材吧。

我虽仍是疑惑，但我知道，顺理成章的选择，也就构不成费姨独特的魅力。费姨就是费姨。

美丽的谎言

　　明明瘦瘦的，十二岁了，看上去顶多十岁模样，大大的眼睛里，总好像藏着些什么。今天，他很怕到学校去，可是，学总是要上的。他不敢多想昨天的事情。

　　明明只有爸爸，而且爸爸是个盲人。他很爱爸爸。爸爸长得很帅，不仔细看是看不出眼瞎的。他一直不明白，妈妈到哪里去了，爸爸的眼睛怎么会看不见的。很小的时候，他问过爸爸。

　　爸爸能告诉年幼的孩子一个关于那个荒蛮年代留下的生死离恨的凄惨故事吗？能告诉孩子一个七尺男子汉因为感情的折磨而永远失去了光明吗？爸爸只是默然无语。那双大眼睛里的泪使明明感到害怕，他再也不敢问爸爸什么了。

　　但是，昨天这个孩子本来就伤痕累累的心又流了一滴血。语文课上，老师叫一位同学解释"睁眼瞎"这个词，那孩子想了一会笑嘻嘻地说，那不就是明明的爸爸嘛，眼睛睁得老大什么都看不见。大家都笑了，明明的心抽搐起来，他真想逃出教室去。尽管美丽的女教师严厉制止了大家，可是，明明整整一个下午都没有说一句话。

　　今天的作文课，题目是"我的家"。这个题目使明明的心又开始发颤。他拨动着笔，想了好久。他这样写了。他说，爸爸和妈妈原先在一个厂工作。小时候，爸爸妈妈常带他出去玩，妈妈常给他讲好听的故事。后来有一次，厂里失火，爸爸妈妈奋不顾身去救火。妈妈牺牲了，爸爸的眼睛被火烧坏了，他再也听不到故事了……

第二天，老师讲评作文时，明明的头一直低着。忽然，他听到老师用充满感情的声音在读他的那篇作文。同学们把头都朝向了他。

下了课，同学们都围着他，夸他的爸爸妈妈是英雄……此后好几天，明明都得到了大家不同往常的友爱。渐渐地，他的脸上有了笑容。

两周后的又一节语文课，预备铃响了，女教师踏进教室，明明正在哭。大家七嘴八舌在问明明，他的爸爸妈妈到底有没有救过火？有个孩子不知从哪里听来的，说明明骗了大家，他的爸爸妈妈没有救过火。女教师看着这一幕。

第二遍铃声响了，女教师开始了讲课。下课前的一分钟，她用目光扫视了全班同学，然后平静地说："我想告诉同学们，明明是个好学生，他没有说谎。"

一周后，一个傍晚。明明出现在办公室，他抖动着嘴唇，说出了一句："老师，那篇作文是我编的……"

女教师沉默了。她轻轻为明明擦干了眼泪，把他搂在怀里："孩子，你没有错。"声音也是轻轻的。一大颗热泪顺着美丽的脸颊落到明明冰凉的手心里。

那夜有风

　　已是暮色四合。风吹得不经寒的梧桐叶飘落一地。年轻的英子徘徊在车站边等车。天气虽冷，但望着对面高楼里一盏盏亮起的灯，英子的心里升起了一股暖意。再过一个月，她也要从单人宿舍搬出，走进温暖的两人世界里了。

　　突然，一阵斥责声传了过来。"小赤佬，要偷橘子啊！"原来是旁边一个水果摊的小老板正对着一个六七岁模样的小男孩吼着。

　　"我没有偷，我只是摸一摸……"小孩辩解道。"摸一摸？这么晚不回家，东转西转，肯定不动好脑筋，再不走，送你到派出所！"小老板吓唬着孩子，孩子哭了起来，掉头就跑，正好撞在英子怀里。

　　英子打量着眼前的孩子：穿着一件不太合身的罩衫，领子敞开着，脏兮兮的袖口里露出一长截绒线来，一只大书包吊在胸前。英子把孩子的衣领扣上了，又拉起他的小手问他：这么晚不回家，干什么呢？"我等妈妈……""妈妈还没回家吗？"小孩看了英子一眼低着头不响了。"你家住哪里？""就在那幢高楼后面。""我送你回家好吗？""不，不要不要……"

　　车还没来，风越来越大。英子牵着孩子进了附近一家饮食店，买了两碗馄饨。吃着馄饨，孩子的话多了起来，告诉英子，爸爸妈妈吵了架，妈妈有好长时间没有回家了。

 少年梦·青春梦·中国梦——中国故事
[徐慧芬] 青青的果子

正说着，一个戴工作帽，手里拎着一袋面包的汉子走了进来。见到孩子就吼了起来："叫你不要出来，总不听话！"小孩指着英子告诉爸爸，是阿姨买了馄饨。男人道了谢又苦笑着说，没办法，工地上离不开，等一会儿还要赶回去。

　　分手时，父子俩目送英子跳上了迎面驶来的公共汽车。上车买票时，英子打开拎包才发现皮夹子不见了。换过一站，英子逃似的下了车，直奔那家饮食店。可是餐桌上哪还有皮夹？英子绝望地走出店家，一片阴影浮上心头。英子蓦地想起来那个卖橘子的小老板呵斥小孩的话。是的，不错，去端馄饨的时候，我把包放在桌上，让孩子看着的……想到这里，英子的头开始重了起来。

　　突然，有人在叫：阿姨！阿姨！哦，是小孩和他的父亲赶来了。小孩把皮夹塞到英子手里，"阿姨，你的皮夹子……""谢谢！谢谢你，好孩子！"英子感动得把孩子搂在怀里，也为刚才心里错怪了孩子而内疚。孩子却低下了头说："阿姨，是你包开着时，我看见了从里面拿出来的。"英子的心抽了一下，想了想对孩子说，你能把皮夹还给阿姨，以后不再干这种事了，还是好孩子。孩子抬起头，突然哭了。他抽抽噎噎地说："阿姨，你不要怪我，我没有干坏事，我只是想拿出来看一会儿，忘了还你，你，你知道吗，你的皮夹子和妈妈的一模一样……"

　　泪水模糊了英子的双眼。

　　一个月后，英子作出了一生中一个很重要的决定，把丈夫和他前妻留下的孩子，一个失去母爱的病残儿从孩子奶奶家接了回来。

阴影与阳光

十四岁的中学生小蒙觉得自己这几天倒霉透了。

前天，因为出黑板报的缘故，他是最后一个离校的学生。黑板报出到一半，突然他想看看高年级的黑板报出得怎么样，取取经。但是人家教室的门已经锁上了。于是他从自己教室里搬来了一张凳子。人站在凳子上，高了。这样他就可以通过墙上的气窗，看到人家教室里的黑板报。

正在他脸贴玻璃，专心张望的时候，值班老师走了过来，有点狐疑地问了他一番后，就要他赶快回家。

巧的是，这天夜里，这一层的办公室遭窃。所有老师的抽屉都被翻动，连零星小钱也都被搜走。这样，作为最后一个离校，又有点古怪行动的学生，就有理由被唤到教务处谈话。虽然班主任和熟悉他的任课老师全部担保这是个品学兼优的好学生，但是从教务处出来的小蒙仍忍不住回家掉了眼泪。因为班上竟有不明真相的同学，用一种陌生的眼光打量他，包括和他挺好的同学。

今天的事更倒霉了。现在他向妈妈哭诉今天的遭遇。

他放学回家途经一个专卖复习参考资料的书屋，买了两本书后，刚准备跨上自行车时，迎面一辆卡车上突然滚下来一只大纸箱，纸箱破了，里面的儿童玩具散落一地。待车上司机发现，将车停下来时，周围已有人趁机捡了便宜溜走了。他看司机挺急，就帮着司机把玩具一一捡回装进箱子里。好事做完后，他的自行车却不见了！那是才买了不久的新车啊！

"好心没好报！人心太坏了！呜呜呜……"小蒙边说边哭，眼泪越流越多。

"哭什么？哭了车子能回来吗？傻瓜！以后一定要接受教训，俗话说，各人自扫门前雪，莫管他家瓦上霜，是有一定道理的，妈妈不是要你做个自私的人，问题是现在风气坏，人心不古，所以要学会保护自己，不要多管闲事，免得招惹是非……"小蒙的妈妈唠唠叨叨边劝边教训儿子。

"你在培养儿子朝自私发展吗？"小蒙的爸爸从外面踏进门，听到了妻子的话，打趣道。

"你倒还有精神说笑话，你儿子前天为班级做事，被人疑心当贼，今天做好事，被贼偷了车！"小蒙的妈妈愤愤然把儿子今天的遭遇说给了丈夫听，一旁的小蒙哭得更厉害了。

噢，是这样，儿子，你的运气确实太坏了！爸爸今天的运气倒有点好。刚才，碰上了一个大好人。你知道的，我是去那家摄影社取照片的，取完照片，回来路上觉得今天天气挺热的，正好有人用自行车推着两袋西瓜在卖。我挑了一个，过了称，正好十元钱，我付了钱，骑上车走了。

骑了大约二十米，忽听背后有人在叫。我回头一看，那个卖西瓜的骑着沉重的车子朝我追来，一边招手，一边叫我停。我停了车，才知道原来我是错将百元大钞当成十元票给了他。他是来追还我九十元钱的！

"儿子，你想想看，他完全可以不管这件事，要还，等我找上来，也不迟。他也完全可以赖掉，因为我没有凭证。他还可以发现此事后马上溜走，那就不会引起任何瓜葛。现在他却冒着烈日，踩着笨重的车子一路追来，为什么要这么做呢？是他的良心！是他做人的道德！你看，这世上谁说没有好人？要不，今天这个瓜就太贵了！"

父亲拍了拍刚买来的西瓜，又拍了拍儿子的头，边叙边议。儿子停止了抽泣，听得很专注。

不错，小蒙的爸爸是在取照片回来的路上买了西瓜。但是，关于十元与一百元的故事，是他的虚构。作家与父亲的双重责任，让他编了个美丽的故事。他深深懂得，此刻，这个十四岁少年的心里，太需要阳光。

　　少年梦·青春梦·中国梦——中国故事
　　[徐慧芬] 青青的果子

青青的果子

　　十四岁的青青，去年夏天参加了一次夏令营，去了那座有海的城市回来后，心就常常像海边的风，一阵一阵的不平静。学校传达室门口那块报信的小黑板，开始让青青流连忘返，而上课时，她的心也像一只放飞的白鸽，常常飞向那个城市了。

　　这天第二节课后，青青从传达室回来，将信紧紧地揣在怀里，然后直奔校园小树林僻静处，展开信，紧张地看起来。

　　直到中午吃饭时，她才发现兜里的信遗失了！她失神落魄地在校园里绕了一圈，哪里有信的影子呢？她是羞怯而内向的，心中的秘密不想让任何人知道，包括要好的女伴。

　　她忐忑不安地走进了教室，一进门，教室里几乎所有同学的目光都朝向了她，有人还嘻嘻哈哈地朝她笑着……

　　一个女生在她耳边轻轻地告诉了她：她的一封信被班上最调皮的一个男生捡到后，还在班上当着大家朗读了一遍，现在这封信已被人交到了班主任手里……

　　仿佛一声炸雷，青青的脸一下子煞白！

　　上课铃响，班主任进了教室。这是节德育课，上了大半节课，讲了点什么，青青一句都没有印进脑子。

可是，现在，老师好像在念什么。几句话终于钻进了青青的耳朵。

"自从分别后，我常常想念你，也常常盼望你的来信，有时身在教室，心却在你那儿，上星期老师让我回答问题，我答非所问，还被同学笑了好一会……"

青青终于明白了，脑子"轰"的一下子响了起来，她努力使自己镇定，继续听下去。

老师在继续讲。

"这是好多年前一个十六岁的初三男生写给一个十五岁的初二女生的信。男生和女生是两个学校的学生，因为参加校外活动，他们认识了，有了好感。这之后，男生就常常给女生写信，女生也常常想念这个男孩。他们的早恋影响了学习。有一天这封已启开过的信，落到了女孩班主任的手里。放学后，那位女班主任把女孩叫到了自己的宿舍里。女孩一向是班干部，现在见老师摸出信，吓得脸都变色了。而老师却没事似的把信还给了她，和蔼地让她坐下，然后把桌上一个熟透了的桃子，剥掉皮后递给女孩请她吃。吃完桃子，老师随手在纸上画了一棵桃树，桃树上结满了大大小小的果实，老师又很仔细地涂上了颜色。老师指着画上几个青色的小毛桃说，这些青青的小毛桃虽然可爱，但是没有熟，没有熟的果实就不会是甜的，而早恋呢，就像这些小毛桃……"

班上鸦雀无声，老师的故事还在讲下去。

"后来那个女生在老师的启发下，醒悟过来，主动与那个男生终止了早恋关系，把精力都放在了学习上。后来女孩渐渐长大，读了高中，又考上了大学，再以后，她有了情投意合的恋人之后成了家，做了母亲，当她女儿十四五岁时，她把自己的故事告诉了女儿。现在这个早已做了母亲的人，她就站在你们面前……"

几十双眼睛一下子睁大，不约而同发出了欢叫：老师？

"对，正是我，你们看，老师也是这么过来的。人的成长，如同种子入土、发芽、开花、结果，青春期的情感萌发，也是人成长的一种过程。所以我还要说，爱与被爱，是人的一种权利，我们没有理由嘲笑青春时最纯真的感情，但是我们要懂得，青涩的果子是不可以随随便便采摘的，而待到成熟时品尝，它的甜美，往往可以滋养人的一生。"

声音停止了。蓦然，掌声响彻空间。

板桥画米

铺纸，研墨，落笔。一笔，两笔，三笔，再添一笔，反反复复。少顷，一纸碎叶。六十一岁的郑板桥罢官回乡的第一宿，半夜里被贼闹了一下，没睡着，第二天一早立在案前，一管在握，随意挥洒。

"大人是画画还是写字？"一旁的书童阿大有些不解。"你看呢？""我看呢，像是一丛一丛的竹叶，但又像一个一个字。""哪个字？""一笔两笔三笔四笔，这不是个'不'字吗？""好！阿大的灵气被我熏出来了，知我者阿大也！""大人写这么多'不'字干什么？""你猜猜看呀！""那我就猜猜看，大人不当官了，一个'不'字，大人不喜欢说假话谎报民情，一个'不'字，大人放粮赈灾不怕得罪朝廷，一个'不'字，我看最主要的是大人不喜欢钱，所以就不得不回老家喝粥了……"

"哈哈哈，好你个小子，谁说我不爱钱，现在我最爱钱了！"板桥蘸墨，左横右扫，几竿竹跃然纸上。"把这个去街上卖了，记住，还是以前的润格，大幅六两，中幅四两，小幅二两，卖了快买点米来，昨晚夫人说了，米缸空了……"板桥把画交给阿大。

"大人不会多画些吗？多换些银子还可添些其他的……""嘿，刚才还说我不爱钱，封我清廉第一，现在倒要我当银子的爹啦！快去吧，阿大，银子都在我手上，想要了，变出来就是，钱够用就行了，多了，要坏事，昨晚梁上君子不是来过啦！"

阿大携画出门。门外跪着一老一少。阿大折回禀报。

"郑大人呀！我领孽子谢罪来了，这个孽障，昨夜作孽作到府上来了！郑大人是个人人称道的清官，孽子有眼无珠，竟然冒犯，这个不争气的东西……"老妇人边诉边哭。

"这不是小阿狗吗？十多年前我出去时，还只有七八岁，原来昨天夜里是你来看我呀……"

"大人，爹病了想喝粥，家里米没有了，昨天知道您回来了，听人说'一年清官，十万花银'，我想大人再清廉，家里银子总有些的，所以我就翻了墙，银子没摸着，倒打翻了一盆兰花，我罪该万死……"阿狗羞愧地哭了起来。

"阿狗呀阿狗！你偷鸡摸狗为老爹，也算是个孝子，且饶了你，送你几两银子吧。"板桥拿过阿大手中的竹子，递给阿狗，"去街上卖了，就说郑板桥的竹子。一幅四两，换些银子，买些米，给你老爹煮粥喝吧。"

阿狗母子拜谢走后，板桥复又握笔，少顷，一纸墨竹，递交阿大：换米去吧。

窗外，飘起了大雪，六十一岁的板桥取出自拟的《潍县竹枝词》轻轻吟读。

松龄惊梦

  燃一丛艾叶,烟飘飘忽忽升了起来,粉墙上也就有了一晃一晃的影子。蚊子哼着曲儿逃走了,汗珠却从额上吧嗒吧嗒落在砚池里,砚池里腾起一圈一圈墨花儿。汗珠也滴落在素纸上,变成一朵一朵淡淡的黄花儿,慢慢洇开,无声无息。

  油灯下,赤着膊的蒲松龄忽而笔走龙蛇,忽而凝眉沉思。幻想着,编织着故事。少顷,搁下笔,擦了把汗。眼睛依旧盯着粉墙上的影子。渐渐,影子化成了人形,一个个婀娜多姿,飘飘欲仙……

  白天,那个苦命的砍柴郎的故事,在脑中翻滚。松龄叹了口气,古人曰:月有阴晴圆缺,人有悲欢离合。在黄土垄中独自睡了二十年的姑娘啊,可曾看到你的砍柴郎已是半头白霜,仍唱着单身汉的山歌,日日在你坟前长箫吹断独徘徊!缕缕烟雾化成了姑娘的身影。姑娘掩面垂泪:我可怜的郎君呀,阴世阳世隔着一重天,爹娘为了财产把我许了人,我纵是不依,也成了别人家祖坟里的媳妇了,你也该好自为之呀……

  蒲松龄眼中的水汽,凝结成水珠,落了下来。姑娘渐渐变成了阿仙,那个在驿站小桥边与松龄一见倾心相见恨晚的佳人,那个在小桥驿站里与松龄一夜长谈挥手泪别后即去了广寒宫的阿仙,也从云间走了下来。素衣长裙,袅袅婷婷,走了过来,掀起幔帐,伫立良久,哀怨的神色瞅着他:

相公呀，相逢何必曾相识，相知又为何长分离！

"阿仙！"松龄长叹一声，"天人永隔呀！你若有情，天天托梦给我，告诉我，你在天上好不好?""天上虽好，独酌无相亲！天上再好，泪比长生殿上多！"阿仙泪盈盈。

"阿仙！阿仙！"松龄长号。

阿仙过来了，摸摸他的头，拉拉他的手。"老爷，老爷，醒醒！你怎么写着写着就睡着了呀！"松龄揉了揉眼睛，阿仙已成了茅屋里的糟糠妻阿宝了。

"老爷，老爷，醒醒呀！快擦把汗，喝盏茶。老爷啊，我明白你心中的苦，倘若阿仙活着，你喜欢，我们总是要接她来家的，可是阿仙已经走了呀，老爷千万不要太伤神呀！"

阿宝的声音唤醒了松龄。松龄看清了眼前的确是发妻阿宝呀，粗布衫，菜黄脸，一手摇蒲扇，一手端茶盏。这是为他生养哺育、烧饭洗衣的阿宝呀，纵无诗情画意，也举案齐眉啊！轻轻唤一声阿宝，松龄面有愧色。握着阿宝的手，看着阿宝的眉眼，松龄抹去了眼角的泪。

蒲松龄以后故事中的女子，天上、人间，化为一体。有天人的才情与模样，也有世俗的贤良与实在。她们风花雪月、琴棋书画，她们也耕织浆洗、经营生计。蒲松龄永远生活在她们中间。

阿炳拜月

　　今夜可是良宵？唐人有诗：中庭地白树栖鸦，冷露无声湿桂花。今夜月明人尽望，不知秋思落谁家？落谁家，落谁家，我无家。唉，十五夜，家家都在吃着团圆饼，明月也照着我这身破衣衫。且让我操一曲，为这人间的悲和欢。

　　胡琴起，咿咿呀呀，忽缓忽急、忽泻忽收。明月、山泉，和着不尽的心思从指间流出。渐渐，街上游人围拢，侧耳倾听。

　　"叮啷当！叮隆咚！"一枚一枚铜钱从听者手中抛进一旁的瓦钵。

　　操琴者，姿势依旧，铜钱的声音未曾入耳，他已沉在梦中。

　　梦中的少年，身在惠山里，他采山间花草，也摘泉边树叶，放一片唇边，口中便有黄鹂画眉飞出。渴了，掬一把清泉，灌浇一下喉咙，也淋湿了眉眼和衣裳。红花、绿草、蓝天、白云，还有青黑的松林、银白的飞泉，太阳挂在头上，月光倒在水中……眼睛怎么看也看不够呵！可是，现在我的眼前是一片黑，我睁大了眼睛也看不见！十五的月亮今夜圆，为啥照不亮我的眼！有谁能解落魄人的怀？

　　咿咿呀呀，琴声呜咽。有水汽在操琴者眼角闪亮。水汽也在听琴者心中漫洇。

　　"阿炳！阿炳！你在这儿啊！让我找得好苦！"烧饼店的阿三，拨开众人，气急败坏。

"阿炳，早上跟你说好了，你怎忘了？莫老爷的客人都到齐了，酒也备了，香也点了，月也拜了，就差你一把琴了……"

"阿三，我跟你说过，不去的，我人穷衣脏，进不得莫老爷家的厅堂。"

"哎哟哟！莫老爷想得就是周到，早给你备了一套新衣衫，快把脏衣脏鞋脱下换一换。"

"阿三，今晚我哪儿都不想去，就在这月光下过一夜，要拜一拜这好月光……"

"咳！你真是瞎折腾！穷排场！有福不会享！是看见瓦钵里钱多啦？舍不得走？莫老爷把你当客敬，备有酒菜、月饼、鲜果、蜜饯，赏钱还会少了你？快去吧，莫要不识相……"

"休再多言，我不去就是不去！"

"小阿三，别坏了大家兴致，我们要听琴！""走走走！阿炳不去，你去讨赏钱吧！"众人嚷嚷。

"娘，莫老爷家有好多好吃的呀，他为啥不去呀？"有小儿轻声问。"啪！"妇人赏了小儿屁股一巴掌，"听！"

咿咿呀呀，琴声又起。明月、清辉、高山、流水从指间淌出。

谢谢你教我

山草呆住了，这上好的瓷瓶怎么会如此脆弱——就这么轻轻一抹，竟会碰掉一块！这是一只德化薄瓷瓶，造型十分别致：一段老竹，逸出一枝新篁，一只麻雀停在枝头，似在鸣唱。

她刚来时，主人家就关照过：挪动、擦拭这些瓷器时要小心点，这些收藏，虽不十分值钱，却是他们的喜好。

现在，麻雀的一扇翅膀却被她弄折了，碎片滚落下来，山草似乎听到了麻雀的哀鸣。以至，这哀鸣声久久在她心中回荡。

虽然，女主人惊讶了一会，只说了这么两句：你怎么这么不小心？毛手毛脚的！男主人看到碎片，拾起后只重重地叹了一口气，并没说什么，可是，山草总也不能原谅自己。

一个月做下来，山草觉得这对夫妇有学问，待她挺好的，工资比别家给她的高些，人也和气不摆架子，家务上有些事还会同她商量。他们曾告诉过她，在她之前，找过几个都不合意，他们看上她这个山妹子，主要还是她的朴实和勤勉。

现在，由于她的疏忽，竟将他们的心爱之物弄坏了，怎么办？怎么办！神思恍惚的山草晚上洗碗时，听到瓷碗碰在一起的声音，眼泪又淌了下来。想来想去，也只有用工资作抵偿，不知行不行。她怯生生来到主人书房里，嗫嚅着说明意思。

你说用这个月工资抵吗？可你家里生病的母亲不是还等着用钱吗？再说，这只瓷瓶是我们一位朋友的馈赠，能用钱估价吗？即使按市场价，你两个月的工资也不够啊！听主人这么说，她急得眼泪哗哗而下。"好了，不要哭了，放心吧，山草，我们不要你赔！"女主人拍了拍她的肩膀。"但是，作为惩罚你的粗疏，我们还是要象征性地扣掉你这个月十元钱。这是想让你记住，以后做事一定要认真仔细。人在外面讨生活，很不容易，好的习惯，会帮助一个人走向成功。就像我们的女儿，小时候读书做习题很粗心，我们花了好长时间才帮助她克服这个毛病……"这一晚，在主人的教诲下，山草的心受着感动。

谁也不曾想到，第二天，主人读大学的女儿回来听说此事，不好意思地向父母坦白出来，瓷瓶是她不小心碰坏的，她见麻雀翅膀断了，就找了点胶水粘住，再把瓷瓶转过身去。她怕父母知道了心疼，所以就没说。

夫妇俩嗔怪了女儿后，把事情真相告诉了山草，问她当时为什么不申辩一下？山草说：我也觉得奇怪，怎么轻轻抹了一下，就碰坏了呢？可是我真的这么说了，阿姨叔叔会相信我吗？

两位主人沉默了好一会，男主人点点头说：是的，山草，你这么说，也许我们会不相信，但事实上你确实没错，就要坚持维护自己的利益。如果自己不自信、不坚持，就更容易受到伤害。你上过初中，读过俄国作家契柯夫的小说《柔弱的人》吧？生活中可不能一味柔弱啊！

半年的时间很快过去了。山草乡下的亲戚办了个加工厂，父母让山草回家乡去上班。山草依依不舍地告别了主人家。回乡后写信给这对知识分子夫妇报平安，并谢谢他们对她的照顾和关心，感谢他们教给她很多知识，让她懂得不少做人的道理。在信末山草又加上这么几句话：叔叔阿姨，还有几句话我不知该讲不该讲，还记得吗？我刚来时在打扫卫生中发现床下有一张百元钱，沙发背后有两张十元钱，我想，也许是你们放在那里，考验保姆的吧？如果以后你们再找保姆，我希望你们不要这么做……

岁　月

三十年前，他和她分手了。分手在将要进入婚期阶段。都是读过很多书的人，先同学后恋人，恋爱到后期，彼此才发觉，两人性格中的差异结合在一起也许并不合适，于是友好地分手了。

三十年中，他进步得算是快的。从团委书记到党委书记，有过一段磨难之后又从局党委书记到市长，她在邻近的城市里默默关注着他的变化，而他，对她以后的情况并不了解，或许已将她忘却。

现在她正坐在距离他大约五米远的会议厅里听他的发言。她是两年前作为某一领域的专门人才被借调到这个城市参与市政府的一项重大建设工程的。今天，这项工程取得了成功，市长抽空接见了建设者。当然他并不知道她的到来。他依然很有神采，声音中透着自信。但她还是发现了他掩藏着的倦容，毕竟两鬓的华发已遮不住岁月的印痕。

会议后是晚宴。市长和各位领导向在座的来宾频频举杯表示感谢。客人也不断地向领导敬酒致意。市长端着一杯酒终于来到了她面前。"你好！筱薇！你好吗？谢谢你！"眼神中他已经认出了过去的恋人。"您好！您好，姜市长！"她略显激动地回应。

晚宴后，客人陆续步出宴厅，她走在后面，他握着她的手："筱薇，留几分钟再走！""不，姜市长，您太忙了！""好吧，那我们以后再抽空谈谈，一定谈谈。""好的，姜市长，再见！""再……""见"字未出口，他竟突然间晕倒在地。

睁开眼睛时，周围已围满了人。"市长、市长、姜市长……"声声都在唤他。她也在他旁边轻轻唤他："姜市长您好点了吗？"他猛地坐了起来，愤怒地吼叫起来："市长市长市长！难道我没有名字吗？为什么你也这样叫我？"他指着她，"现在你就不能叫我一声名字吗？"

众人面面相觑，不知所措。他慢慢地平静了下来，声音中透着无力："对不起，同志们，我可能多喝了一点酒……筱薇她是我三十多年前的老同学，我们有三十年没有见过面，今天见面，我很希望听到她仍能叫我一声姜大年或老姜，我，我也是人，除了市长的角色，我也应该有其他的身份……"慢慢地，有亮晶晶的东西溢出他的眼眶。

挂历的故事

生活有时会扔给你一个谜。

前年的一个冬日，我走出单位大门，门房老伯突然叫住我，递给我一卷东西，说是上午有个人送来，让他转交我的。我拆开包着的纸，里面是一本挂历，可是翻遍了里外，不见一言半句的留言。

是谁呢？我思忖着。

老伯说，大雪天，来人戴着帽子口罩，看不清模样，也猜不出年龄，他说熟人，我也就不问了。

熟人，究竟是谁呢？我等待着这个熟人的出现。一连几个星期过去了，一个电话都没有，我意识到了，来人在给我谜猜。

过了几天，我终于耐不住寂寞，给近处、远处的熟人都打了电话，寻找制谜的人，可是都让我失望了。

我有些累了，心想，你幽默，我也随缘，不猜了。我瞧着已挂在墙上的挂历，几分迷惘，几分欣喜，无论如何能被人牵挂着，总是幸福的。

几个月过去了，我发现有一种不安的情绪像一只小虫子在我脑子里跳来跳去，我变得心绪不宁起来。每天盯着挂历，成了必做的功课。挂历上漂亮的白雪公主开始朝我眨眼睛，白雪公主旁边的那棵大树像妖怪一样向我张牙舞爪。我越来越不敢多看一眼这本挂历，可是不听话的眼睛还是忍不住盯着它。接着，我开始失眠，失眠了多日，我终于由恐惧变得愤怒了！可恶的人，为什么要跟我开这种玩笑呢？

愤怒又让我开始了行动。我搜肠刮肚找线索。终于，一位多年疏于联系的忘年交在电话中大笑了起来，说，在报上读到一篇你谈朦胧美、糊涂妙的文章，只是想试探一下你是否真喜欢朦胧而已。天哪！这种考试倒是把我考输了。

揭开了谜底，我的心定了下来，觉开始睡安稳了。再看看墙上的挂历，白雪公主没有了狡黠，那棵大树也收敛了妖气，像一位慈祥的老人。

平静的日子过得飞快，我不再盯着这本挂历看了。有时，偶尔瞥一下，竟觉得画面平淡无奇。去年除夕大扫除的时候，我把挂历摘了下来。

今年五月里，得到消息，这位忘年交已经去世了。追思中，我想起了这本挂历，急忙寻找，可是在哪里呢？不是已经当废纸处理掉了吗？

我知道，当初如果不执意揭开谜底，这本挂历是会保存下来的。

生　活

晚上，他拖着有些沉重的步子，一步一步进了家门。直到早上出门前，她才对他说出这几个字：我下岗了。以前的猜测终于得到了证实。他想，她是怕我不好受，自己憋了一夜。今天，她在家干些什么呢？

屋子里的变化，使他感到有些惊奇。

阳台上多了几盆拖着长藤的垂绿植物，而她的一头长发却剪得不能再短了。

餐桌上铺了块新台布，撩起台布，才发现桌子是新的。

"我把旧桌卖了，换了张新的。"她说。

他知道，这只红木桌子是她去世的父母留给她的唯一纪念品，他们谈起过的，只有到儿子上大学时，学费不够用，才可以卖的。

现在提前卖了，可儿子才只有初三。

"只是下岗呀，你还有可能上岗的呀，怎么就变卖家产了呢？还没到这个地步，是吧？"他小心地问。

"我想做股票，总得有资金呀！"她说。

"股票风险大，你能行吗？"他不无忧虑。

"现在没有什么行不行的，很多很行的人也下岗了，很多不行的人下了岗也变得行了。也许玩一下，玩得好，我也能发点小财呢！"她安慰他。

"假如股票做不好呢?"他又说。

"做不好,再换一种活法,反正各种活法都得试一试,人总得活呀!"

"你有这样的心态,很好。"他也安慰她。

"昨晚我前前后后想了许多,我想起我们楼下那个管垃圾的外乡人,那个只有一只左手的小伙子,每天在垃圾堆里翻拣一些能换成钱的东西,然后再把垃圾整理好,把垃圾箱冲刷得干干净净。这些做好后,他就挨家串户去收购废旧物品,再闲下来,他就坐在破藤椅上看书。我就想,他靠这样也能活下去,而且活得挺自在,我们不是比他好多了吗,至少目前我还有一份下岗费。再说,你去年出了工伤成了老病号,现在厂里也没有把你扔掉嘛。"

他静静地听她说完,好久才冒出一句:你好像有点阿Q精神了。

她笑了笑说,阿Q精神也是有点用处的,我们是平头百姓,亲戚里也都是些无权无势的老实人,所以总得想法子自己开导开导自己呀!

他的眼圈有点红了,伸出手把她拥在怀里,久久没有松开。

"叮咚,叮咚!"门铃响了,他们的儿子背着一只大书包汗津津踏进了家门。

两个大人互相交换了一下眼神。刚才,他们商量过,暂时不让儿子知道这件事,等他这次毕业考后再告诉他。

饭桌上,儿子告诉父母,这次模拟考试成绩不错,老师说他有希望能考入重点高中。

两个大人脸上有了笑容,对儿子说,你要好好争气,将来争取再考一个重点大学,再选一个好的专业,毕业后再找一个不容易被淘汰的职业。儿子点了点头。

儿子又告诉父母,他的同桌阿勇因为爸爸下岗了,家里还要给瘫痪的妈妈治病,阿勇爸爸准备不让阿勇再升高中了,要阿勇帮他一起去做贩卖水产的生意。阿勇成绩好,一门心思想上大学的,所以心里很难过。

两个大人听了儿子的话,又交换了一下眼色。沉默了一会儿,忙岔开话题。

饭后，孩子进了小屋温习功课，夫妇俩坐在电视机前收看新闻。新闻后是一部电视剧。当剧中侵吞国有资产的腐败分子被揪出来时，他惊讶地发现，身旁的妻竟睡着了。他开大音量摇着她的肩膀兴奋地嚷着："快看，快看！抓起来了，抓起来了！"

然而妻已是鼾声渐起。他不知道妻瞒着他在外揽了一份沉重的体力活。他平凡的妻今天确实太累了。

生命切片

这一刻，他觉得自己的心脏仿佛冷却了。他勉强伸出微微颤抖的手，抹去积在眼窝里冰凉的泪水。不是害怕，这种病，他是早就知道有两种结果的。手术成功，可以多活几年，手术失败，直奔黄泉。

是愤恨、委屈、忧伤产生的悲凉。今天这个日子，有可能从此踏上不归路的日子，他的身边应该是有亲人的。妻是早已与他分手了，但是那一双健健康康的儿女呢，那一对也已为人父母的儿女呢，却以"忙"为借口，将老父丢给了外人——一个小保姆，连在父亲床前站一会儿都不肯。在一次次上门搜刮老头钱财的时候，在一趟趟求老头替他们开这个那个后门的时候，他们"忙"过吗？现在老了，退了，病了，他们也忙了！他恨恨地想，势利啊！畜生啊！一条狗呀也还懂得些回报呢！

直到上了手术台，麻药起了作用，他心头的翻滚才平息。

当他睁开眼，发现温暖的阳光透过玻璃窗投射在床上的时候，他才意识到，自己又活了过来。

手术十分的成功。外科主任向他道喜，并把一位中年医生介绍给他："这是刚刚从国外讲学回来的大专家，新中国培养的第一代医学博士，我们特地把他从机场直接接到这儿来救老局长的命，退休老人的命也值钱哪！"外科主任亦庄亦谐。

他吃力地睁大眼睛盯着这位救命恩人：方脸、剑眉、大鼻。似乎面熟，微突起的上颌，有手术缝合过的痕迹。

蓦地，他的心一阵痉挛，一种恐惧使他不由自主闭上了眼睛。

直到他再一次睁开眼，周围已不见了白大褂，他才强迫自己回首往事——将一个他曾丢弃的婴儿与这个有着非凡能力的救死扶伤者联系起来。

是的，不会错，遗传的相貌作证，兔唇缝合后的疤痕作证。

四十多年前，他与一个女大学生偷食禁果，有了这个孱弱的生命，在犹豫了一段时间后，终于将母子遗弃。三十年前，一对患病的老夫妇辗转多处，打听到他这个生父，领着十多岁的养子找上门，求他认领，因为这对患病夫妇将不久人世。他那时正在上升阶段，在沉思了一会儿后，"理智"让他严肃地警告找上门的人，是他们搞错了。现在，命运似乎跟他开玩笑，硬把他不要的儿子送到眼前来。

整整半个月，他受着煎熬，到他熬不下去的时候，他终于决定在见到死神前，先在他遗弃的儿子前，说清自己的罪孽。

医院草坪的一角，一张石桌前坐着两个人。一个头发雪白，一个头发花白，相对着像在下棋，然而面前没有棋盘。一个老泪纵横，一个眼圈微红。

倾诉之后是长久的静默。终于，儿子拍了拍父亲的肩膀，轻轻叮嘱：当心身体。

他缓缓抬起头，嗫嚅道："我想问一句，如果当初你知道你要挽救的是一个曾遗弃你的人，你还会赶来吗？"医生沉思了一会儿缓缓说道："这是不用问的，救死扶伤是人道，是医生的天职。"

"那么，我还想问一句，在我行将就木之前，你是否会宽恕我这个罪人？"他的眼中有一种渴望，声音却轻微。

医生沉默了，慢慢站了起来，又坐了下去。

"这个问题，我的看法是这样的，"医生想了一会儿说，"每一个人，一生中难免会犯这样那样的错误：有的错如擦伤点皮，可以原谅；有的错如伤筋动骨，不容易原谅；有的错是粉碎性骨折，无法复原，那就用不上'原谅'、'宽恕'这些词的。"医生平静地打着比方，述说着自己的观点，像在对医学院的学生上课。

他活到六十多岁，做了近三十年的"官"，还是第一次听到这些让他彻底醒脑的话。一刀见血，虽痛，然而痛快。他的脑子已被人捅了个洞，丝丝光亮开始漫进。望着儿子，他想，所幸的是，他离开我这么个自私的人，塑造得如此之好。

夕阳映过来的时候，两人站了起来，握着手分开了。

他被儿子救活后又活了多年，临终前，他立了遗嘱，将一切遗产捐献给本市一家孤儿院，遗体供医学院解剖。

春天的证明

　　他是在秋叶飘落的时候，知道自己也将枯萎了。两个疗程下来，牙齿松了，舌头麻了，头发光了。手，竟连一支笔都握不动了。生的信念也同风中的一片枯叶飘走了。他想，也好，一生太累，此番可以长眠了。

　　但是，他的妻子，一个大他几岁的女人却不放过他。

　　母亲般的慈爱，父亲般的威严哄着他，逼着他吃。"来，再吃一口，再吃最后一口，只有吃了，才有力气，你要听话！"

　　母亲般的慈爱，父亲般的威严哄着他，逼着他起床锻炼。"来，早上空气好，先伸胳膊，再抬腿，蹲下来，再起来，再做一遍，慢慢你的体力会恢复的，不要怕烦！"

　　母亲般的慈爱，父亲般的威严哄着他，逼着他继续写作。"来，纸和笔都准备好了，随便写一点什么，练练笔也行，你是喜欢写作的，怎么可以不动笔呢？"

　　就这样，她的目光注视着他，她的声音召唤着他，她的手搀扶着他。他的心灵与肉体度过了严寒。

　　春天了，他的生命仿佛也如春草般绿了起来。他的脸色好多了，身上也有了一点力气。他想，是她的生命滋养了他。他抚摸着那双倍感苍老的手，对她说一些感激的好话。她轻轻抽出手，笑了笑，用手指弹了弹他的额头：谁，谁叫你是个小男人呢？

这一年，春天驻进了他的书房，再也没有离去。她为他购置了一幅关于春天的画，悬在书桌这端的墙上。画上，成片的绿叶中，一个农人弯着腰忙碌着。天晴日丽，空中有唧唧飞过的小鸟。

她对他说，你不是计划中有一部书要写吗？我看，现在可以开始了。不要想着能否出版，要为自己写，写了，你的心才能平静。但不要太急，一天写它千把个字，写好了念给我听听。我相信你，你一定能写出好作品。

是的，可以开始了。他含笑应答。从此，他日起而作，日落而息，像农人一样很有规律。一千多天过去了，废纸千张后，有了一部书稿，他起名为：《春天的证明》。当点上最后一个标点后，他用足力气在卷首添了六个字：献给我的妻子。然后慢慢倒在椅子上，没有起来。脸色依然红润，如同熟睡一般。

哀痛中，她深深责怪自己的疏忽，为了多打一份工，把一个也许时刻都需要女人照料的大孩子，那么放心地留在家中，整日劳作！

整理遗物时，意外地，在他抽屉的角落里竟藏着一盒女人化妆用的胭脂，同胭脂放在一起的是一份折叠得很小的病情诊断书。诊断书上三个月前的记录告诉她：三个月前，他的病已经扩散！

她的目光定格在遗像前。忽地，明白了——最后的日子里，正是胭脂的红润，才瞒过了妻子的眼睛！

泪如泉涌。她吻着遗像，轻轻念叨：谁说，谁说你是个小男人呢？

母亲节的礼物

起风了，雨淅淅沥沥下了起来。

她再一次端详着镜中的自己，轻轻叹了口气，觉得唇膏有点浓了，又用纸巾擦了一遍。

"告诉我，旅人！前面可有金苹果？"二十年前涂鸦的诗句一下子又在脑中响了起来。她的眼角似乎有点潮湿了。

当她准备开门出去的时候，却迎来了不期而至的女儿。

已经读了大学的女儿，仍是那么孩子气。片刻，唧唧喳喳的声音填满了一屋子。

"妈妈，你要出去吗？人家好容易挤了车子回来看你的！妈妈，今天是母亲节呀！母亲节就要和母亲在一起，对吗？嘻嘻，我可不愿让你出去……"

"妈妈没有出去呀。"她讪讪地说。

"妈妈，你真好，给你吃个大苹果。妈妈，小月的爸爸给小月找了后妈，小月爸爸变得陌生了，小月不大愿意回去了……"

她的心"咯噔"一下。

"妈妈，你给我翻开眼睛，我的眼里好像有粒沙子，哎哟，妈妈，你弄痛我了，眼睛可是最小气的呀！"

她的心又是"咯噔"一下。

丁零零，电话响了起来。她猜测，这是他的电话。她站了起来，女儿的手按住了她的手。"妈妈，不要去接，今天电话一概不接，温馨的世界，排除干扰，嘻嘻嘻……"

她的心跳了几跳，慢慢平静下来。"好的，妈妈不去接。"她望着女儿，笑了笑。

吃完苹果，说了些闲话，女儿先去睡了。她轻轻关了房门，坐在外间，拿起了织到一半的毛衣，线一点点扯开，她的思绪也慢慢散开。年轻的时候，爱得如火如荼，然而那人只将爱的火星，一个尚在腹中的女儿留给了她。而他一飞出去竟不再归来。她恨自己的轻信，因此，她惩罚自己。十八年来，她拒绝了一次次机会与诱惑。只是在女儿进了大学住校后，她才试着接受了别人的介绍。

"会有金苹果吗？"跨出这一步后，这些日子里，她常常问自己。

她回味女儿刚才的话，她辨得出女儿的意思。十八年来相依为命，女儿聪明、可爱、争气、听话。她不能委屈心爱的女儿。算了吧，这么些年都过去了，再过几年，将要退休，到那时，女儿大学毕业了，也要成家了，她呢，就安安心心地做个好外婆，捧着白白胖胖的小外孙……

想到这里，她心中的苦涩竟泛出了一点甜来。

丁零零！电话铃又一次不屈不挠地响了起来。她站了起来，又坐了下去。

她走进里屋，想看看女儿是否被铃声吵醒。

床上的女儿睡得正香，甜甜的笑容挂在苹果一样的脸上。一盏灯火照着桌上用信笺折成的一只小鸟。小鸟的翅膀上写着："妈妈收。"

她小心翼翼地展开了鸟的翅膀。

"亲爱的妈妈，原谅我刚才跟你开了个小小的玩笑。我的几句话把你吓着了吧？不要害怕，我的好妈妈！大胆地去寻找一个属于你的好人吧！只是不要忘了考验考验他哟！这两张音乐会的票是我排了队买来的，特地送给妈妈……"

窗外的雨悄悄停了，月亮露出了整个脸盘。她哭了。

最后的玫瑰

在这条小街上，开着一家花店。店主是个中年妇女，雇了一个十七八岁的姑娘帮忙。小姑娘一看便知是个外乡人。小姑娘很勤勉。守在店里，终日站着或蹲着，不是忙着出售花便是帮着扎花篮。

小店虽处僻静地方，但生意还算不错。顾客主要是附近那所大学的学生。情人节、教师节、圣诞节、聚会、派对、生日、约会，都需要花。女孩子常常是三五个搭伴着来，买的时候，左挑右挑，唧唧喳喳很热闹。男孩子往往是一个一个单独来买，看准了买，付了钱就走。

有一个大学生引起了姑娘的注意，他总是在周末来到店前，摸出准备好的零票，随手从玻璃缸里抽出一枝玫瑰。他的口音被姑娘听出也不是本地人。小伙子瘦瘦的，穿着过时的球鞋，苍黄的脸色，有点营养不良的样子。

这回，有好几个周末，小伙子突然不来了。姑娘有一点想念他。姑娘想，小伙子买了花一定是送给喜欢的姑娘的。他一定是在恋爱了，现在也许女孩不和他好了，分手了，他也不要再送花了。姑娘有一点为他难受，又有一点为他高兴。乡下人出来读书不容易，把几个钱都买了无用的花，真不该啊，现在总算好了。

可是没多久，男孩又出现在花店前，又开始了每周一枝玫瑰的买卖。

大约持续了几个月，小伙子又不来了。姑娘想，如果下次他再来，她要劝劝他，好好读书，不要再把钱乱花掉。

姑娘空下来，常常瞅着那所大学的方向。终于有一次，他们在一家书店里碰到了。姑娘是去买一本插花的书。小伙子正拿着一套书，和店里商量，因为钱不够，他想用一叠菜票作抵押，等回去拿了钱来赎还，他怕这最后的一套书被人买走了。姑娘走了过去，替他付了钱。就这样两个人开始了交谈。谈谈城市，谈谈乡下，谈谈书，谈谈花，两人谈得很快乐。

第二天，小伙子来还钱，又从花堆里取出一枝红玫瑰付了钱。姑娘把钱退到他手里：还是别买了吧，啊？姑娘的声音里似有一种不满，又有一种恳求。想不到，小伙子把玫瑰递到姑娘面前说，这枝花，是我送你的。姑娘读懂了小伙子眼睛里的话，红了脸庞又红了眼圈，把这枝玫瑰单独地插在一只花瓶里。

小伙子走后，姑娘想了好久，想了好多，哭了又笑，笑了又哭。第二天一早终于把那枝花又插到大玻璃缸里。小伙子来了望着那只空花瓶，问她那枝花呢？姑娘淡淡地说，卖了。花又不能当饭吃。姑娘想只有这样才能断了他的心思。她知道她配不上大学生，也知道书呆子气的大学生不太会挣钱。小伙子瞅着她，看了好一会，看出姑娘眼眶里蓄着的泪，默默走了，不再来了。

又一年的一个春天里，小伙子来了，脸色红润多了。他邀姑娘出来，走到另一家花店前。然后他从口袋里掏出钥匙，对姑娘说，这店是我的，我想请你做老板娘。

梦一样的声音，使姑娘一句话也说不出就湿了眼睛。小伙子告诉姑娘，他大学已毕业，有了一份工作。半年里，每月的工资，每天晚上打工的钱，凑在一起，租了这家店面房，开了花店。他说，只有这样，他的梦想才能实现。他的梦想，只是想找一个肯吃苦、肯学习又有爱心的好妹子做新娘。新婚之夜，新娘问他，你怎么会看上我的呢？他说，他是在买了她很多玫瑰后才发现，她是他最后的玫瑰。姑娘拥住了他。他把嘴唇附在她耳畔，轻轻说道，我们会好的。

文玩核桃

　　瞧见有些上了年岁的人吗？掌心里常滚着一只核桃。核桃质硬，核上有自然孕生出来的纹样，捏在掌心里，不停地摩挲着，刺激着掌上的穴位，据说能防老年痴呆症。这核桃若经前朝后代人长久把玩，留下了古人的手泽，也可以当文物了。有人癖好收集这种核桃，当古董赏玩，故称之为"文玩核桃"。

　　傅三是在四十岁后开始玩上的。祖上留下来一只核桃，色泽赭里透紫，泛出幽光，仿佛藏着些什么，一看就知年代久了。这核桃，个大，纹路深，形状圆中带扁，坊间称"大灯笼"，是收藏人的难得。据家里长辈说，它曾是贡物，本有一对，是分不清你我的双胞胎，另一只在傅三爷爷小时候给弄丢了，实在是可惜了！

　　因此，傅三的收藏有了目标，就想找到那只配对的。好些年下来，钱也折腾掉不少，大大小小、成双配对的也弄到一些。但祖上丢失的那一只，在哪藏着呢？这成了傅三心头的痒。

　　这天傍晚，傅三溜达到新居附近的一片绿地里，一群人正围住一白须老者。老人八旬模样，神清气爽，边说笑，边摩挲手中物。这一瞧，傅三的眼一下子像被电击中，胸腔里的那颗心顿时跳得要蹦出来——老者的手中物，正是傅三心头多年来的念与想！

傅三一步步地接近，渐渐地，与老人熟了。某一天，傅三备下酒菜，邀老人来家叙谈。酒热话酣时，傅三转身捧出一只木匣来，掀开盖，大大小小的文玩核桃跳在人眼前。傅三说，这是十多年收藏下来的。老人叫了声好，傅三又转身进里屋捧出一只小锦匣，开了匣盖，老人的眼也热了起来，这一只核桃竟与他手上的一模一样，纹丝不差！

傅三红着脸，把心事摊了开来，说愿意把这一大匣的核桃换下对方那一只来。老人不言不语，继续喝酒吃菜。半晌，才吐出几句话：小老弟，听没听说过？古人云，己所不欲，勿施于人，君子不夺人所爱呀！我也好这物，照我的心思，也想出个价，把你的这只归齐了我，可我没言语呀！

傅三的脸一下子红到耳根！傅三想，这话厉害呀！再细想起来，觉得老先生毕竟做人做得比他有境界呀！静下来心里便生出些惭愧来。此后傅三再没勇气提这事了。只是宝物亮了相，傅三偶尔也会把它捧在手上把玩一下，在人面前露露脸。有时呢，与老人聚在一起时，也让这一双宝贝暂时在同一双手里，拿捏拿捏，把玩把玩，然后再各归各。

傅三与老人的友谊渐深了。两家常走动，俩人常聚在一起谈古论今。又过了些年，老人已近九秩了，老伴也已去世，一个女儿又在外地，傅三就常常去老人那儿陪着聊聊天，或帮着干些小活。某一天，老人病重，躺在床上，对傅三开了口：小三呀，我怕不行了，死前能否圆我一个愿，把你那只核桃放我这儿，让我成双地玩几天，行不？

傅三没想到老人会开这个口，沉吟了一下，心想，就当他是自己爹吧，临死的老人，让他高兴一点吧。于是赶紧回家把核桃取来，塞到老人手里。老人握着核桃，脸上露出笑颜，对傅三说：小三啊，人活不过物，我也没几天玩了！看着老人油灯将灭的模样，傅三一阵心酸，忙岔开话题说些宽慰话。

临终前，老人的女儿赶了回来，大家一阵手忙脚乱，谁知道老人手里的这对核桃竟不见了，大家都说没看见。傅三叹着气，帮着老人女儿料理完丧事，想起这对核桃，心里难免发闷，但也只能宽慰自己：权当它是陪了老人去。

过了几天，老人的女儿找到傅三，端来一只瓷匣子。匣盖打开，傅三一下子跌在梦中！匣内竟一溜齐摆着四只形状、大小、纹路、色泽，恰似一个模子里倒出来的"大灯笼"！脑筋转过弯来，傅三才知道这原来竟是四胞胎呀！这谁能料得到呢！傅三大叫一声：怪哉！老人女儿说，匣里留着老人的遗书，遵从父命，全留给你的。

　　傅三的眼泪汨汨涌满一脸，把瓷匣捧在胸口好半天。平静下来，他只拈出两枚，另两枚让老人女儿收着，理由是：满易亏。

四季阳光

夏日的阳光把她的影子缩成一团。她手上拎着一只鼓鼓的编织袋，肩上搭着一只背包，跟在别人后面走出了火车站。天气太热，她的脸通红，汗水不断地从额上、颈上渗出来。问了好几个人，换了两部公交车，她才来到这条街上，找到了开盒饭铺的老乡。

秋日的阳光温和起来，她两只手各拎着一个装满盒饭的大袋子，快速走着。这片密密麻麻的高楼区，与她熟悉的无遮无拦的乡野稻田相比，反差太大了。她进了大厅，笑着向门卫招呼了一声，跨进了电梯，揿了按钮，到了二十五楼，踏进办公室，她喊了一声：饭来了！又说了一声：今天菜好，有大虾哎！一个鬈发男士替她传唤：阿兰来了，快来拿饭！一群"白领"很快围了上来。打开饭盒，香气四溢。他们相互打趣，妙语横生，时而夹杂着一两句英语，逗得她也笑起来。她咽了咽口水，急匆匆向大家道了再见，转身走了，她下午还有活要赶紧做。

冬日的阳光暖暖的，她的心也开始暖起来。除了中午送盒饭外，她另外又找了一份工作。她开始往家里寄钱了。她从邮局出来，太阳已落山了。她哼着曲儿，想象着母亲从邮递员手中接过汇款单的模样。她拐了个弯，在一个烟杂店里买了两盒好烟。盒饭铺老板接过了烟，皱着眉，踌躇了一会儿开了口：阿兰，你当保洁工的事，今天被你送盒饭的那家公司发现了，人家觉得你又送盒饭又扫厕所不卫生，我与你虽是同乡，但也没有办法，城市人是挑剔的，你不要怨我辞了你……她咬着嘴唇，点了点头，用手抹去了淌在腮边的一滴泪。

春天的太阳懒洋洋地催人睡。她早早起来了，她已觅到了一份新工作，她当了"蜘蛛女"。为高楼大厦擦玻璃窗的女子，腰上绑着安全带，悬在空中，张开手脚忙碌着，样子活像一只大蜘蛛，人们叫她们"蜘蛛女"。开始训练时，她感到恐惧，想到她的父亲从乡下出来打工，就是为这个城市造房子，不慎从高处跌下来的。但是，这份工作毕竟报酬不算低，她又太需要钱了。她横下心，强迫自己克服恐惧感，渐渐适应了。渐渐地，她的工作效率在圈子里也有了点名气。这片楼区里的大多数办公楼的窗子，她都擦过。有一次组长正好把她分到那幢二十五层高楼里，她贴着玻璃窗，清清楚楚看到了几张熟悉的面孔。但是玻璃窗里面的人都没认出这个穿着工作服、戴着大口罩的"村姑"来。

夏天的太阳，热得能把人烤熟。八年后，她又来到了第一次送盒饭的这幢楼，她熟门熟路进了电梯，揿了二十五楼，到了那家公司门口。几张熟悉的面孔里只剩下那个鬈发先生了，连经理也换了。她捋了捋头发，向会议室走去。不一会儿，她听见新来的女经理正在会议室向属员们自报家门，介绍自己的经历。

"我出身贫寒的农家，但自幼读书读得还可以。父母为了让我能一直读上去，历尽辛苦。那一年我高中毕业，目标是报考北京一所名校，可是家里出事了，父亲是建筑工，从高处摔下来，成了瘫子……我到这个城市打工，做过几十种工作，最初，我每天只吃两顿饭，并且吃过很多盒饭里的残羹……我从未放弃过学习，白天工作，晚上进夜校……对了，除了本名外，我还有好几个称呼，其中两个特别有意思，一个叫'村姑'，那是八年前，一群年轻人用英语叫的，他们当时不会料到我能听懂。另一个叫'蜘蛛女'，这幢楼里，每一扇窗玻璃都曾留有我的手印……"

她的眼睛潮湿了。是的，她确实听见了自己的声音，在空气中跳跃。

狂女阿罗

阿罗在我脑子里是可以归入"狂人"一类的。她是我们村贫农长庚的女儿。相貌丑，大概可以比得上齐国的钟无盐，却无钟离春的才。小学读到五年级，留了二级，还不把任何人放在眼里，为人处世总与人拗着。你要她朝东，她偏朝西，大约是想强调出自己的"与众不同"，或是挣回自以为是的"面子"来。村上背后都叫她"泼货"。女孩子不听话，或者顽皮，大人便要教训道：你想学长庚家的"泼货"吗？

她的父亲对她也有着几分畏惧，有时背后与人说起女儿的粗野，总要扭头看看。大家都说，她的"泼"是长庚宠出来的。长庚是个穷得叮当响的农民，阿罗五岁时死了娘，长庚尿一把屎一把地把这个独生女养大，放任她，骄纵她，最后女儿竟成了祖宗，家中事稍不称心，阿罗就要耍泼。"泼"的唯一好处是，乡人不大敢欺侮长庚这个老实人，大的坏处是，长庚丧妻后，想讨点好处的媒人见家里供着这么个横眉怒目的女金刚，胆子和嘴巴都小了。久之，长庚也断了续弦的念头。

好在女儿一天天长大，人虽长得个五短身材，可手脚像男人，力气也出奇的大，一天到晚赤着脚帮他父亲摆弄自留地里的农活。阿罗读书读得不好，小学三年级留了一级，到了五年级再留一级的时候，她便把书包里的书统统扔到门前的河浜里，然后第二天便扛着一把锄头跟她父亲下地赚工分了。长庚是无法说服这个女儿再读书的，再说那时还没有实行义务教育制，众人对她自愿当"童工"也无奈何。

阿罗一天天长大，看到父亲的腰也一天天弯了下去，某一天动了恻隐之心，对父亲说，你要讨老婆你就再讨一个吧。父亲神色黯然地摇了摇头。女儿见父亲不领她的情便动了怒，大声说，我叫你去寻，你就去寻！长庚只好说，我已老了，大把年纪了，到哪里去寻呢！阿罗反驳说，啥人说的！我倒不相信！结果这个"泼货"女儿真的托了媒人为父寻妻。媒人找到邻村一个新寡的女人，试着撮合。那寡妇说，找长庚还要搭个后娘，怕没这个福气。她的意思是，到了长庚家，怕是要和阿罗的关系倒过来，称阿罗为"娘"了。媒人把这番话一五一十说与阿罗听，阿罗听了沉默了好一会才骂出几声娘。

后来长庚终于寻到了后妻。女人带了个小女孩是从外地逃荒来的。媒人瞒住了阿罗的"泼"，只说还有个能干重活苦活的女儿。后娘是个慈眉善目的女人，进门后事事谨慎，处处小心，与阿罗还算相安无事。阿罗只是不肯叫娘，叫她"哎"，有事"嗯"一声了事。后来亲戚对阿罗说，看在爹的面上，"娘"总要叫的，她总是长辈。阿罗却对亲戚说，我不给她面孔看，也蛮好了，再对她客气要养刁的，你看，我老爹就把我养刁了。亲戚对她这番理论只有瞠目而已。

新妈小心翼翼，善待这个女儿，煮两个鸡蛋，也要挑一下，大的给阿罗，小的给自己带过来的女儿。可是有一次阿罗还是"犯毛"了。一个冬日，阿罗田里收工回来，看到妹妹脚上穿着一双新棉鞋，想到自己大冷天还是单鞋一双，到底是后娘偏心，不由怒从中来。晚饭时，阿罗饭桌上就发作了，话十分难听：哎，六月里的日头，晚娘的拳头，一点不错，同样的天气，我穿的啥！后娘一听这话就哭了。还是妹妹从房里取出一双棉鞋，递给姐姐，说妈妈原是做了两双的，只是今天冷，我先穿了试试的。阿罗一听愣了一会，便伸出巴掌朝自己脸上左右开弓，连骂自己不是人，还说了一声大人不和小人气，总算承认了自己是小人。第二天，阿罗竟动了私房钱买来了一双新雨鞋要送给后娘。后娘说，我的雨鞋还好好的要花钱干什么。阿罗也不解释，只说新的好，旧的她扔了。原来昨天她在饭桌上要泼前，就已经用剪刀把后娘的两只雨鞋底上各挖了两只洞，也亏她手劲大。

这样的猪猡脾气，总叫家人怕她。后来她竟交了好运当了工人。那时这个村子里多数人家是农民，少数是工人，或是其他劳动者。所以工人一向被农民羡慕的，谁家出了个工人阶级，是很庆幸的。阿罗的运道还是出在她不安分的性格上，譬如，她的父亲断言她是种田的命，她就要把命翻一翻；譬如，别人嘲笑她冬瓜身材长相粗，她便要有所能耐，混个人样给你们看看。

她家的一个亲戚在村附近一个运输场里，有次偶然说起场里要招两个揩车子的工人，她一听便缠上了，硬要亲戚介绍她去。亲戚说那是男工干的重活，女的不合适。她说你叫两个男工来我们打打看，看谁赢。亲戚经不起她的缠磨，就把她的力气向场里作了重点介绍，那里的头儿让阿罗去试试看，结果她一人顶上了两个人的活，自然大受欢迎，成为工人阶级的一员。

尽管这是个比种田还累还脏的活儿，阿罗却不觉其苦，一天到晚穿着油腻腻的工作服，满怀豪情，住在厂里。礼拜天回家来一次就像贵妃娘娘省亲一样，威严风光集一身，前呼后拥，常常屁股后面跟着一帮傻小子。她一手拎两瓶老酒，另一手揣一包猪头肉之类的熟食来孝敬她的老父。常常父女对饮，父亲喝不过她，便宜了几个讨酒吃的傻小子。

每月把钱都用光，老人便劝她，阿罗呀，你总要成家的，省点钱吧！她撇撇嘴说，吃光用光死得不冤枉！不要替我操这份闲心！或许是她心悬明镜，明白凭自己的这副长相是鲜有人来求亲的。也有村里一些二流子之类的拿话激她：阿罗呀，嫁给我怎样？她便哈哈一阵大笑：你要娶老娘，撒泡尿照照像样不像样！有人凑热闹问，那你要啥条件的？她诡秘地一笑说，我讲出来你不要吓死噢！有人又说，你倒说说看呢，我们好留心着呢！阿罗便像唱山歌似的吐出一串："毛泽东思想，刘少奇修养，周恩来外相，还要朱德的健康！"别人没听清要她再说一遍，她又大着喉咙唱了一遍。这下把大家既吓住又笑死！综合这么多伟人优点的人怕是还没有养出来吧！她可更得意了：怎么样？符合这条件的来跟我说吧。不一会工夫，她这自编的四句"择夫词"便像山歌一样传遍全村上下，成了大家茶余饭后绝妙的解闷佐料。由此，她的"泼"加上"狂"，声名更加显赫。

过了两年，这么个结实的人却死了。

这一年冬天特别冷，下了几场雪后，屋檐上又挂着冰凌。我们村里靠公社大田附近有个池塘，那是孩子们常去光顾的好所在。夏天，孩子在池塘里捉虾摸鱼、逮蝌蚪，水性好的孩子就在河里摆战场。冬天，池塘里结了冰，天然的溜冰场，孩子们哪里肯放过，一群一群的，天天在那里玩得不亦乐乎。这一天有个孩子哭着跑回来找大人，他的弟弟掉到冰窟窿里去了。阿罗正巧在半道上碰到这个孩子，就奔到池塘，旁边已围着不少看热闹的人，也有大人在旁边指手画脚。阿罗一看火了，冲着这些人骂了声狗娘养的，就脱了棉袄，跳进冰窟窿。池塘里的水是很深的，花了好一会儿工夫才把灌了一肚子水已奄奄一息的孩子捞了上来，孩子被急送到医院得救了。

阿罗却在当晚发了高烧，又不肯进医院，结果死于急性肺炎，肺烧坏了。临死前，阿罗叫了她后娘一声娘，说她亏待娘了。送葬那天差不多全村老老少少都出动了，被救的孩子披麻戴孝捧着阿罗的牌位，一路哭去。

此后再有提到阿罗的，村上人便肃然起敬。老辈人叫惯她"泼货"的，也总要伸起拇指叹几声：难得！难得！

我那时确实还很小，对阿罗的记忆总是有些模糊，关于她的好多逸事都是后来听大人们说的。但这几年，听了好些新闻，有救人的，也有要价救人的，还有便是见死不救当看客的，甚至逃之夭夭而心安理得的，我的脑子里这个模糊的阿罗便活了起来，清晰起来。我想，阿罗终究是实现了她的"英雄"梦的。大千世界里，芸芸众生中，怀着各式理想的，最终实现的，又有几人呢？

故事流淌着

节日里，老老少少几代人聚在一起，长辈们不经意间常常会道出些陈年往事。故事往往是从某个话题引起的。

看到吃过的长生果、核桃留下来的一堆硬壳，外婆说，考考大家，这些壳放在过去可派什么用场？几个中年人想了一会，不约而同地说，可以生煤球炉子。

小孩子好奇了，问炉子怎么个生法。于是外婆便将生炉子的程序以及必要的几类材料细细道来，顺带着把她女儿小时学习生炉子不懂窍门，弄得烟熏眼睛，赌气啼哭的故事抖了出来。一个小学生笑过之后，叹了口气，很是遗憾自己没有见过炉子，否则也要玩一玩。大一点的中学生反驳他："怎么没见过，街上的烘山芋、煎蛋饼的炉子，你见过没有？"小学生马上惊奇起来问母亲："不是说生炉子，要把炉子拎到外面通风处，介大的炉子，你小时候怎么拎得动？"他的伯父打趣道："我们小时候吃面疙瘩、吃炒麦粉最有力气了！力气大得十五岁就能修地球，拎炉子只要一根手指头。"小学生眨着眼睛问："真的？"顿时，在座的长辈们笑得一塌糊涂。

外婆第二个故事是从看电视引起的。她说她上小学的时候，父亲的房间里有一台无线电。她告诉班里的同学，说家里有一只会讲话的匣子，几个郊区的同学都不相信，后来特地跑了几十里路，专程找上门来。果然听到匣子里有人讲话的声音，大家惊得目瞪口呆。后来，她父亲对大家说，这不算稀奇，将来你们还会看到，匣子里有唱歌跳舞的人跑出来与大家见面。外婆说这就是电视机了，可惜她老人家五十年代已故世，没看到他向往的东西。

这个故事不免让人唏嘘。想到二十多年前，对于今天拿着遥控板更换电视频道的景象，也会当神话的。大家感叹，这些年的变化太大了，所以又说，家里一些旧东西也不要全部扔掉，说不定，本世纪末，古玩市场上的抢手货，就是9英寸黑白电视机了。

读大学的外孙女问外婆，家里还有什么经典的东西留下来可供小辈瞻仰？外婆想了想说，有啊，就是电视里"时髦外婆"节目里播放的那种手筒，她箱子里还有一只，是与一件海虎绒大衣配套的。手筒藏在枕头套里，放到现在；大衣在"文革"时期改了一件棉袄，裁缝觉得海虎绒又要包面子又要裹夹里，就像美女脸上抹锅黑，没了光彩，还有啥意思？外婆就对裁缝说，难道你不晓得现在海虎绒是"封资修"吗？"封资修"就不能给它光彩呀！大学生听了这个故事"嘻嘻"笑之后就让外婆把那个"手筒"翻了出来，要把它带到学校里。她说，他们系里可能要排一个关于老上海的话剧，到时候她要争取演一个三十年代的上海小姐，要将外婆的这件老古董套在手上，风光风光……

过去的生活之水，变成了有滋有味的故事，在长辈们口中流淌着，成了几代人聚会时翻阅的一幅幅老照片，让年轻人有隔世的惊讶，也让过来人无限感慨。我们知道今天的很多努力，无非也是为将来的人准备故事。但是，将来要叙述的陈年往事，对于今天的人来说，也许就是全身心的奋斗与追求。

花事知多少

　　春天了，那个卖花的小伙子来得勤了。黄鱼车上的花木比之冬日孤单单的绿，多了些鹅黄、桃红、烟紫和梨白。老样子，车停在菜市场外面一隅，一刻工夫，人就三三两两的围了过来。有的人对着花，看一会儿，评一会儿，与主人闲聊一会儿，空手走了。也有的人端起这盆，放下那盆，左顾右盼好一会儿，最后说好价，掏出钱，抱走了。

　　刚开始，我并未发现小伙子的异样。那天，起了风，菜市场外人很少。他蹲在地上，闷着头，一手缩在袖子里，一手捏着本书，看得入神。

　　难得见他车上有盆挺大的仙人球，装在一只颇有古气的青花瓷盆里，我想买。听到我要买花，他站了起来。搬动花盆时，这才发现，他的一只袖子空荡荡的少了一条手臂！瓷盆重，装满土足有几十斤。他用黄鱼车，载着仙人球，送上门。到家时，我招招手，请门卫帮忙把花盆搬上楼，谁知他竟挥挥手让门卫走。见我开了大门，他立马弯下腰，用一只手将花盆拦腰一钩，夹在臂弯里，便"腾腾腾"上楼了。我才到二楼，他已从三楼下来了。我诧异，随后便夸他好力气。他笑呵呵丢下一句话：这不算重！

　　到了夏天，他穿件汗衫，露出了手臂的伤残处，像一截短短的木杵伸出袖口。是烧伤？砸伤？电击伤？还是其他病因？见到他，我有时会想这个问题。但不管何种原因，这总是一个受过苦难的年轻人。现在，他明亮的眼睛里看不到一丝儿阴影。

有一次，我问他，为什么多是拿些不起眼的小花小草来卖，又赚不了几个钱！他却告诉我，他主要是种花的，在十号桥租了地，有一大片苗圃呢！培育好的花苗，大多供应批发市场，还有一些宾馆等单位，到这儿来卖的自然是剩余的小零碎。他又说，其实啊花是无贵贱的，关键是人的看法，你喜欢它，当它宝贝，它自然就珍贵了。再说小苗苗，养着养着，就大了，壮了，好看了。就像把小毛头一点点养大，虽然费心思，但也有意思，有成就感哪！有些人有钱却没空，别人替他们养好了送上门，他们光看不养就少了许多乐趣，你说是不？我说是。感觉他很有文化。

再一次感受到他的"有文化"，是在听了他与一个老者的对话后。一位老人步履蹒跚到他花车前，停住了。他打招呼。"老爹爹来啦？老奶奶呢？""老奶奶走啦，走了快一个月啦……""啊，怪不得这阵子不见奶奶，以前奶奶常过来看花的！""唉，人走了，花没人管，也跟着枯死啦！""老爹爹你也养养花吧。""我不懂，以前都是她养花，我看花。""我教你好了，只要上心，也不难的，花跟人一样，各有脾气不同，但你关心它，待它知冷知热的，它就会回报你……"老人临走时，小伙子把一盆已钻出花骨朵的蟹爪兰递到老人手上。"送你的，回去养着吧，养养花，心情好，也算纪念老奶奶……"老人接了花，眼睛红了起来。

最近一次，我去十号桥画家村访友出来走在花间小径上，正巧遇见小伙子往外送花去，一个小女子追上来，把一条围巾裹在他脖子上。小女子水灵灵的，身段眉眼儿都周正。见我打量那女子，他介绍说，这是他老婆。我愣了一下，脱口而出："你已经结婚啦？"听了我的话，小女子的脸笑成了一朵花。

小伙子邀我去他苗圃里坐坐，我怕耽搁他时间，谢辞了。但是我知道，这片园地里，一处处苗圃，都是一些像他这样来自天南地北的外乡人租种经营的。我曾参观过、欣赏过，无论是广东人、福建人养育的热带植物，还是安徽人、江苏人培植的小灌木、小草本，都打理得生机盎然、欣欣向荣。我想，小伙子的苗圃也一样的吧。所不同的是，他是个只有一条手臂的人，但他生活得像怒放的花儿一样滋润，一点儿不残缺。

过年的旧照片

　　小时候过年时，常常会听到长辈们说起从前过年如何如何。那时候"从前"两个字对于我是个遥远的时代。时间一晃几十年过去了，现在我也有资格对下一辈唠叨"从前过年"这几个字了。记忆中从前过年的景象仿佛一张张旧照片，摊开来就在眼前。

　　从前我们过年，大约腊月十五左右，就要从居委会领取分大户小户的年货供应券，包括鱼券肉券禽蛋券，还有五角钱一份的金针木耳供应券等。谁要是遗失了这些盖了图章的纸片儿，心情准比遭了抢劫还难过，小孩子要是弄丢了它，一家子人人都有权利痛打他。

　　从前我们过年，一进腊月，家长们就要费心思准备一家老小过年时的吃喝了。杀鸡腌咸鸡，割肉腌咸肉，考究点的，把鲜肉浸在酱油里，做成酱油肉。从前我们没有冰箱，备点咸货不容易坏，还可以让嘴馋的孩子一下子吃不多。

　　从前我们过年，小年夜开始炒瓜子。煤球炉弄得半死不活，手炒得发酸发麻，心情却好极了。一点西瓜子是一家人夏季吃瓜后点点滴滴的积累。虽然每人分到手的只有一把，但感觉上的香比现在的小刘瓜子还要香十分。

　　从前我们过年，做一件新棉袄是一种奢望。但若没有一件新罩衫套在旧棉袄上，出门走亲访友便觉脸上十分无光。因此除夕前，家庭主妇们会在缝纫机前格外忙。

从前我们过年，还盼望做爹娘的不再那么小气，能多给我们一些压岁钱，好让我们存起来，派派自己的小用场。但这样的愿望十有八九要落空，到手有个三五元已是上上大吉了。

想想从前，看看现在，真是感慨多多。记得前年春节前夕，我、妹妹和妹夫仨正讨论"贫富"问题时，突然妹夫指着窗外说："真的穷人走来了。"大家赶紧朝外看，对面马路上走着一个外乡人模样的男子，肩扛一只沉甸甸的大猪腿，一脸喜气。妹夫说，现在谁家过年还扛着一只大猪腿呢！大家都笑了起来。但是，时光若倒流三十年，谁说肩扛大猪腿过年不是富日子的象征呢！就是今天，尚未脱贫的山区乡亲们，过年时若能吃上大鱼大肉，谁不阳光灿烂喜笑颜开呢？

确实，贫富是比较出来的，无论是纵向比较，还是横向比较。我们翻开旧年的照片，回忆过去，向小辈们唠叨，心情是复杂的。一方面希望现在的年轻人珍惜今天比较富裕的物质生活，不要奢靡和浪费，要懂得勤俭节约开源节流，这无论国家的发展还是对自己都有好处。另一方面，也盼望他们将来的生活比现在更富裕，日子过得比现在更舒心。

我希望今天听我说"我们从前过年"的年轻一代，能在不远的将来，也能以过来人的口吻，向更年轻的一代，介绍"我们从前过年"的种种。譬如：从前我们过年乘出租车要排队要预订，哪像现在人人都有车；从前我们过年出门旅游去，大多是国内跑跑，难得去趟国外，哪像现在要上月球也可以……

拥抱静悄悄的生命

一个黄昏时分，我从几幢公寓楼前的一块空地上走过，一个小女孩迎面向我走来，手里举着一朵小小的淡黄色的野花问：你知道这是什么花吗？她仰着头，乌黑的眸子充满了求知的渴望。我有些好奇，也有些感动，因为我几乎每天下班都要从这里走过，常常看到一些孩子在空地上玩耍游戏，追逐奔跑，也常常看到一群孩子围在一起逗引几只由大人牵着散步的狗，唯独没有看到哪个孩子去关心散落在泥土旮旯里的小生命——那些有名或无名的花草。

我有次见到过这样的一对母子：一位俏丽的母亲牵着一个小男孩在绿荫中穿行。男孩问，这种笔直的树叫什么树？妈妈说，不知道。男孩又问，前面那种会开花的树叫什么？妈妈说，我也不知道。男孩还问，为什么有的树会开花，有的树不开花？妈妈这回有点恼了，这孩子真烦人！哪有那么多话！又责怪孩子昨天在幼儿园里数学题目做不出，今天该好好动动脑筋，做做算术题。孩子终于低着脑袋不想了，求知欲被母亲一闷棍打下了。

年轻的母亲裹着一身印满花朵的连衫裙，想来也是爱美的。可是爱美的她却以自己的无知扼杀了孩子爱美求真的欲望，并把孩子对自然界的关爱与做算术题对立起来。不是么？许多家长都是这样的，给孩子吃好穿好，然后要求把书读好，怎样把书读好呢？只要考个好分数，至于其他似乎都属多余。他们不知道，多少个将来的科学家、艺术家在萌芽时就泯灭在大人的愚昧无知和陈腐麻木中，纯真好奇的种子没有合适土壤的滋养催发是不会开花结果的。

可是，有谁会否认自己关心孩子的成长呢？都说自己非常地爱孩子！试着走出误区吧！让孩子走近大自然，去拥抱那些静悄悄的生命。春天了，看看叶子是怎么苏醒过来的，美丽的花朵是怎样点点露出笑脸的；夏天了，看看喝过水的麦苗是怎样拔节结穗的，那棵老梧桐的树皮又是怎样在裂变中获得新生的；秋天了，倾听一下植物中又有多少爱的种子是在轻微的爆炸声中把新生命寄给远方的；冬天了，观察一下，静悄悄的生命是以怎样一种形式与大自然的冷酷抗衡的。细细地观察，体味，以一种感恩的心情关注一切绿色的生命，无论卑微还是显赫。培养细致、敏感的眼睛，也滋生慈悲、仁爱的性情。在大自然怀里，会孕育热爱科学的艺术家，也会诞生具有艺术气质的科学家。

自由的鱼

上课铃响，我端着画具，踏进教室上这学期最后一节美术课。按照计划，这节国画课让大家临摹教科书上名家的一幅范画——喜庆吉祥的红鲤鱼。讲解结构、示范笔墨，完毕，请一男生上讲台当众试画。

他有些忸怩地走上来，对着宣纸，却迟疑着不动手。"画呀，快画呀！"底下一片催促声。"大胆画吧！"我也鼓励他。突然，他像是下了很大决心，嘴巴一咬，眉头一皱，捏起笔，蘸好墨，左点右划，一阵横扫，底下笑声渐起。

吓我一跳！这是一条什么鱼？鲨鱼的头连着鳜鱼的身段，尾巴倒像是浪漫的金鱼。笔法狂野，墨色不羁，章法全无！"怪鱼！怪鱼！""太好玩了！"底下一片喧闹，空气沸腾起来。我笑着问他，这是什么鱼？他搔了搔脑袋，翻了翻眼睛，回答说，我自己想出来的鱼！

底下又是一阵大笑。笑毕，有一女生举手问："老师，我们也能不照书上画吗？"霎时，一群人一起呼应。"老师，今天让我们放松放松随便画什么鱼好吗？"

我知道，再过12天，他们就要大考了。望着一张张因连日来加量复习主课而显倦容的脸，还有一双双热切焦渴的眼睛，此时，真是魔鬼也不忍拒绝呀！

好吧！我终于宣布：同学们，今天这节课改为创作画，主题是鱼，凭你们的想象自由发挥，随心所欲，当然画面的题字要做到言为心声……

"哇！太好了！""谢谢！"又是一片欢呼。

空气里流动着节日的气氛。

半小时后，我的讲台上出现了那么多充满情趣、生意盎然的画。这是一个五彩缤纷、奇形怪状、纵情恣意、无拘无束的世界。我把它们一张张贴在黑板上。

一群鱼，腾上翻下，相互追逐，题字：比赛第一；两条鱼合抱在一起，泪眼婆娑，题字：我和你吻别；一条鱼，口衔着一支笔，困在网里，歪着脑袋想心思，题字：外面的世界真精彩……

一张画、一个世界，我全给了高分。

最后一个交上来的是一个被同学称为"呆瓜"而且考试经常不及格的学生，他红着脸，低着头走上来。我刚把画展开，底下已是拍手跺脚嘘声一片，"呆瓜！呆瓜！"已有人毫无顾忌地叫着他的绰号。

是的，画面上这个扬起翅膀、腾空而起的生灵，确实辨不出究竟是何物，它似鱼非鱼，似鸟非鸟，似人非人，但是它是那么的朝气蓬勃、一往无前。面对全班诧异的目光，我同样给了这幅画一个高分，为着创作者自由的心灵。我告诉同学们：这幅画让我想起毕加索、马蒂斯，还有米罗、克利……

为了一个美丽的愿望

　　这一家三口，一出现在人们眼前，大家都会心地笑了。胖爸爸、胖妈妈带着个胖儿子，来到小区绿地里锻炼。小男孩，七岁模样，长得圆滚滚的，五官都嵌在肉里了，走起路来像只笨拙的大熊猫。

　　锻炼是从六月底开始的。每天傍晚，我在观景阳台上都可看到草地上这一家子锻炼的情景。年轻的夫妻俩选择了不同的运动器材。当爸爸的喜欢坐在铁马上扳动扶手，当妈妈的则倾心于荡秋千。而小男孩似乎对所有的辅助器材都不感兴趣，他删繁就简，选择了最原始的锻炼方式——爬山。绿地上有一道用土垒起的"丘陵"，常有孩子奔上奔下，乐此不疲。

　　但这个运动项目，对这个胖孩子却是很有难度的。只见他挪动双腿，艰难地往上爬，常常是爬到半山腰站不稳就一下子滚下来，倒在草地上，像一只蚕宝宝伏在桑叶上。

　　周围的一些大人和他的父母体恤他的不易，劝他还是改用其他锻炼方式，但小男孩还是坚持自己的选择。

　　到了七月上旬，天气越来越热，不少平时经常锻炼的人也躲进空调房间，不再出来了。小花园里顿时少了许多人，运动器材也休闲了。但这一家子仍是每天出现在绿地上，只是两个大人光是陪着孩子来，自己不再锻炼了。男的捏着一张报纸，靠在树干上，一页一页翻着。女的一手拿着一把扇子，一手握着一块毛巾和一只装着水的瓶子，坐在石凳上瞅着儿子，等着儿子跑过来擦汗、喝水。

渐渐地，小男孩变得有些灵活了，他不再是慢慢地爬上去，而是一鼓作气冲上去再冲下来，一次又一次，像一个攻克堡垒的勇士。看到儿子大汗淋漓，浑身湿透，他的父母很是心疼，劝他少冲几次。但他喘着气，通红着脸，喝了几口水，又冲锋了，直到完成了他自己规定的次数才罢休。

又过了些日子，有一天快锻炼完的时候，有一个小姑娘走过，被小男孩的父母叫住了。小男孩的妈妈对小女孩说，你嫌我们小胖占桌子多，要调座位，我们小胖急死了……

原来，读一年级的小男孩与这个小女孩是同桌，小男孩人胖常常不自觉地多占了桌面。小女孩做作业时感到不方便了，就对小男孩说，下学期她准备向老师提出要换座位了。小男孩与小女孩同桌一年了，觉得小女孩读书成绩好、很聪明，是他的榜样，平时大家相处得也不错，分开了很舍不得，于是小女孩就对小男孩说，要么你就去减肥吧……

呵！是这个原因！是因为心里藏着一个美丽的愿望，因而小小年纪，不怕苦，不怕累，天大热而人大干。听到这个故事的大人们都有些震动了，而看到确实因掉了许多肉而变得日益矫健起来的小男孩又感到了欣慰。哦，好孩子！再过一些日子就要开学了，相信你的愿望一定能实现，也期望你在今后成长的道路上面对困难，永远有战胜它的勇气和毅力。

一样不一样

日子在不知不觉中流淌，是过年的鞭炮声才让人警醒时光的无情。小时候，听大人说过一则传说：远古时代的人都有尾巴，尾巴随着时光的流逝会改变颜色。当尾巴开始变焦时，预示着生命大限将近，这时候的人便开始不事劳作，挥霍财产，拼命享受，结果生产得不到发展，人类财富聚不起来。后来人类意识到这样下去不行，于是就掀起了一场"割尾巴"的革命。尾巴割掉了，人们意识不到生命何时将逝，于是终日劳作不停，人类才聚起了财富。

等我读了书，懂事后，想起这则自欺式的故事常哑然失笑。后来我也常想，当时编故事的人怎么没有另一种思维，倘若割了尾巴，人们意识不到生命的短促，不好好的珍惜生命，不抓紧时光努力奋发，结果又会是如何呢？所以应该感谢日子中有"过年"这样一种仪式。过年让每个人都"突然"长了一岁，从而意识到日月如梭，生命有限。

不同年龄段的人，过年的心情是不一样的。小孩子，盼着过年，心最热烈，渴望热闹喜庆，也希望自己快快长大，早日进入成人世界。青年人，即使过年长了岁数，仍是踌躇满志，觉得生命还有长长的未来，人生美好的蓝图正等着自己去规划。人到了老年，对于过年倒有一种平静的心绪。忙碌了一辈子，努力过，争取过，该有的，也有了；没有的，也看淡了。在鞭炮声中，只会庆贺生命已不短了。

而中年人，对于过年，怕是多少会有些恐慌。毕竟，生命已过半数，而对余下的生命还有炽热的期待，像农人般勤勤恳恳春耕夏锄后，总盼望秋来有满仓的收成，但会不会如愿呢？会不会歉收呢？心会忐忑。

确实，自然界有风调雨顺之年，也有旱涝灾荒之年。人生途中会有坎坷，运气也有好坏。种豆得豆，种瓜得瓜，在人生的收获中不是不变的定数。而"豆"与"瓜"也因个人的理解而不同。物质上的积累和精神上的追求，各有各的美妙。有人一世无缘荣华富贵，仅以清风明月为伴，也有幸福感。

过年时，我想最该清理的是自己的思路，对下一年的生命做些思考。年年复年年，一样又不一样。有追求，有奋斗，生命才能张扬。会放弃，会淡泊，生命才能安稳。

母亲的玩笑

我的母亲是个有些严厉的人，她的严厉深藏在眼睛中。小时候，任何一个孩子的谎言都逃不过她的眼睛。你在撒谎的时候，她的眼睛一直盯着你的眼睛，那两束强烈的光直钻到你心里，让你没有勇气把谎话编完。她对孩子们的最低要求是不许撒谎。她要求我们做的事，我们不敢不做，也不敢不做好。当然，事实证明，母亲总是对的。

在我小时候，家里被一伙人马夜半三更闯进来抄了两次家。此后，我便得了一种病，几乎每夜总要被噩梦缠住，大哭大叫，闹得一家子鸡犬不宁，人也瘦得几乎脱了形。母亲慌了，领着我看了几家医院，吃了一些药，总也不见好。那年月，有经验的老医生往往被认定走"白专"道路，大都靠边站了。我叔叔的要好同学小李叔叔刚从医学院毕业，小李对中医很感兴趣，他极力主张我的病用中药，很热心地为我望闻问切，开出方子来。母亲对年轻的小李不甚信任，但拗不过小李的热心，不忍拒绝这位新中医的一次次登门和一张张颇费心思的方子。

暗地里，母亲却把我偷偷领到她信得过的私人医生家里。那是一个已被造反队查出有"历史问题"因而被打断了一条腿的"牛鬼蛇神"。母亲告诉过我，这个老医生与外祖父一向友情笃厚，外祖父在世时常要到这幢楼里来喝茶聊天的。

我们每次去都是在黑咕隆咚的夜里。第一次上门，让双方都吃了一惊。妈领着我，七转八转穿过几条弄堂，到了一个楼道底层一间堆放破烂杂物的披间里。一盏15支光的电灯晃晃悠悠照着竹榻上的一位老人。老人形销骨立，苍白的脸上只有一双张开的略略转动的眼睛，才让我感觉到这还是个活人。

　　一位身材矮小的婆婆见到母亲吃惊地睁大眼睛叫了声："妹妹，你还敢来？"便流起了眼泪。母亲毕恭毕敬叫了声"师母"，又到竹榻前叫了一声"老先生"，还让我向老先生打招呼，叫声"老公公"。老先生转动了一下眼睛，张了张嘴，似乎在讲什么，但我却没听出声音来。

　　"没想到弄到这个地步，东西全抄光了，人也赶下来了，两个儿子嫌他老了，都躲开了。老头子现在有伤，躺了几个月，已经生褥疮了。弄不好，怕是活不过今冬了。"婆婆边流泪便诉说。母亲陪着叹息了一会，便把来意说了。

　　婆婆明白了来意后，迟疑地说，你看老头子这样子，还能给人看病吗？妈却自作主张地说试试看吧。于是婆婆俯身到老医生耳边大声说着，然后让我把手伸过去平放到榻沿上，再把医生的手搭在我的脉搏上。断断续续、呢呢喃喃的声音只有婆婆把耳朵贴到老伴嘴边才听出些什么。婆婆把老头口里报出的药，一味味再抄到纸上。

　　出门前，母亲把钱包打开，摸出一张十元票，塞到婆婆手里，说是诊费。婆婆连连说，太多太多。妈说不多不多，要的要的。双方推了好一阵，婆婆才千恩万谢地收了钱。

　　回家路上，我对母亲说了自己的不满，我说我不高兴叫"牛鬼蛇神"老公公，这是敌我不分。再说让这样一个自己看样子都快不行的人给我看病，像是开玩笑。然而母亲听了我的话不以为然。说我，你懂什么！又把这位"牛鬼蛇神"的医术唠叨了一遍。末了，关照我，决不可对别人说起此事。

　　我敌不过母亲的执拗，仍是她拉着我，每周一次，贼一样溜到那间垃圾箱一般的破屋里，仍是老医生死人一般冰凉的手搭在我手腕上。每次我都不情愿，然而，对母亲我终究是无可奈何的。可怜的是蒙在鼓里的小李叔叔，仍是那么自信地为我开出一张张方子。

一直到几个月后老医生去世，我才结束了这种受煎熬的治病。病好了些的我，也渐渐有点信了母亲对那老医生医术的评价。而小李却一直以为我病情的好转全得益于他高超的医术。

"文革"结束后好几年，老房子搬家的时候，我帮着母亲料理一些杂物，在一只抽屉的角落里竟发现了一叠发了黄的中药处方——那正是好多年前，由那位被打入底层的老医生口授，他夫人抄录下来的处方。于是，我与母亲回忆起了往事。谁知，母亲却告诉我，那时我吃的一帖帖中药的确是小李叔叔的方子，而老医生的方子一次也没有用过，她也怕神志不太清楚的老人开错了方。

我诧异了好一会儿才有些明白过来。我说，你要接济别人只管接济，拿我作幌子做什么？母亲说，你哪里知道呢，这位老先生和师母一直是信奉钱财"取之有道"的，平白无故受人恩惠，他们心里是会不好过的。再说，那时候，他们落难了，没人登门，我们去看看他们，老人家心里总会宽慰一点的。母亲慢悠悠地说出事情的由来。这样，我才知道，一向反对孩子说谎，做人严谨的母亲，自己也曾骗过人！她竟然还对自己的孩子开过一个不小的玩笑呢。

爱的实行

　　旅游途中，早餐桌上，相对坐着两对夫妇。年轻的一对一面吃着面前的早餐，一面望着对面的老夫妇。他们面前一人一碗豆浆，老先生正将一小包砂糖倒进老妇人的碗里，然后用小勺轻轻搅拌，一边含情脉脉地看着老妇人，再将豆沙包拿起，揭去底部的薄纸，轻轻递给老妇人，他们就这样一口豆浆、一口馒头，说说笑笑，对视脉脉。待彼此吃完馒头，老先生又将碟子上的一根油条纵向一撕，又与老妇人分享起油条来……

　　"他们真幸福，做妻子的真有福气！老先生看了她几十年都没有看够……"年轻的妻子看呆了，对身边的丈夫发出了感叹。"我们将来老了会这样吗？"年轻的妻子又问丈夫。丈夫微笑着，脸上的表情若有所思。

　　此后，这对恩爱异常的老夫妇，一直吸引着这对年轻夫妇的眼睛。一日，爬山时，老先生不慎脚崴了一下，做妻子的赶紧把老先生的脚搁在自己怀里，为他轻轻按摩，做丈夫的一面享受着妻子的关怀，一面则手不停闲地给妻子理着被风吹乱的头发，并将发丝上粘着的细微花尘一点一点捏出来扬去。

　　年轻的女子再一次看呆。终于，她忍不住走到老夫妇面前，对着老妇人说道："你们真幸福！老先生对你一如年轻时的感觉……"老妇人笑而不答，一脸幸福。

后来，返途中，老先生将年轻夫妇引向一边，轻轻说道：她是我新婚的妻子。我的发妻十年前去世了，我与她共同生活了四十年。四十年里，从来都是她照顾我饮食起居，为我精心准备每一道饭菜，为我仔细浆洗每一件衣服，夏天怕我热，冬天怕我冷，我习惯了她对我的照料，她为我的付出，仿佛是天经地义，而我却以工作忙的借口，从来想不到主动关心她一下，有时还嫌她烦，嫌她啰唆。她有胃病、关节炎、高血压等多种疾病，常常要吃好几种药。有一次她病倒在床上，让我端杯水，拿药来，我竟不知道药在哪里，也不知道她平时吃的是些什么药！终于有一天她躺在医院急救室里，医生告知她将不久人世，这时我才觉得自己的天地塌了，生活失去了重心！她去了，我再也无法补偿她了！我用十年的独居生活惩罚自己，反省自己，仍心有余痛！因此，我想告诉你们，年轻人，从你们缔结姻缘相伴而行的那一刻起，就要做爱的实行者，要终生善待你的那一半，不要等到老了，无从偿还，空生悔恨！

　　老先生说完了，那对年轻的夫妇，不知何时两只手绞在一起，手心里沁出了一层汗，湿漉漉的，连同两双年轻的眼睛。

此情已成追忆

　　我出世的时候，外公已是须眉皆白的老人了。外公五十岁才有了我母亲，母亲结婚在娘家，生下我这个长女，自然，外公的晚年生活多了欢喜。

　　记忆中，我童年的欢乐，也多与外公有关。父母上班去了，我和外公这一老一小成了最好的伴。常常，春暖花开时，外公会带我出去走走，顺便会会他的一些老友。夏秋收割时节，我会跟外公一起到离家不远的菜园里，摘些毛豆、蚕豆，或掰几只珍珠米，拔几根甜芦粟带回来。到了外面，小孩的眼里满是新奇，会不停地问：这是什么？那是什么？为什么呀？外公从来不嫌烦，他总是极有耐心地一样样告诉我。有时候走在路上，我问了一路，外公也说了一路。

　　冬天孵太阳的时候，外公常常带着老花镜，手里捧本书。有时听见外公念书的声音像唱歌似的很古怪，一边玩耍的我，会停止玩耍，愣愣地瞧着他，这时外公便会回望我一眼，点点头，眼睛里全是笑。

　　外公对我的疼爱，对小孩子心思的体贴，有时会被家里上下称作"老听小"，其中两件事被认为最严重。一次，天井里的阴沟准备改道，这样倒水时可少走路，方便些。重新排阴沟，要挖掉一棵挺大的栀子花树。香气袭人的栀子花是我顶喜欢的，眼看要保不住，我抱着栀子花不撒手，外公最后竟也依了我，回掉了请来的工匠。

另一件事是，50 年代，村里办了托儿所，要求每家送孩子去，算是支持新生事物。我进去待了半天，大大小小的孩子关在一间屋里，又哭又叫的，我觉得实在无趣，就偷偷溜了出来，闲逛在外玩。母亲下班去接我，不见人影，急得一家子四处转，总算在菜园里找到我。母亲要责罚我的出逃，最后还是外公为我说情，问我为啥要跑出来，要我讲讲理由看，我说了不喜欢去的理由，外公就劝母亲依了我，说小囡觉得不开心就算了吧。这样，我只进了半天托儿所，就留在了家里。后来，外公开始教我识字。先教识，后教写，每天四个字。外公用毛笔正楷写在他不用的名片背面做识字卡、我可以把它们装在口袋里，随时拿出来看。

外公在我们这一带，是被公认为有见识、有学问的老先生。他青年出仕，在京执事几十年，世事变更后，回到故乡以教书为生计。中年时，外公痛失长子——一个学有所成、通晓多国文字的有为青年，死于肺结核。之后，外公开始研习中医术。多年后，外公研制出一种称之为"肺风散"的方药，虽不能根治肺结核，但能缓解其症状，尤其对治疗小儿肺炎极有灵验。我看到的是，一坨坨，黑黢黢的，像小型文旦大小的药团，放在石灰甏里。母亲告诉过我，从每一味药材的采觅、加工，到熬制成药，外公样样亲历亲为，是真正的千辛万苦。制成药后，还要放些时日，让毒性散掉点，都是有讲究的。等到可以用时，外公把药坨放到小石臼里磨成药粉，按照剂量，一份一份用纸包好，以备人用。方圆几十里，甚至更远些，常有病家找上门来求医问药。外公诊断后，再按量赠送，从来分文不取。

外公渐渐老了。有一天他为自己把脉，手上脚上搭了好一会儿，对一旁的保姆说：看样子快了。等我听到并明白过来这"快了"竟是指快离开人世的意思后，我害怕了，神色变得黯然。外公便有些后悔失言，安慰我后，对我讲了一点人老了总归要走的道理。可是我毕竟年幼，对于人"向死而生"的道理，是不太容易接受的。小孩的心灵上，总以为世上一切美好的，都会永远存在着。

终于，外公在八十二岁时走了。外公的葬礼很隆重，很多不熟悉的人也从各处赶来吊唁，下葬那天，送葬的队伍排得很长。家里灵堂设了一年，常有过去的病家携儿带女到灵位前磕头。外公没有了，我变得沉默寡言起来。父母想了办法，让我提早进了学校才好些。

几年后，在我思念外公的心渐渐趋于平静时，外公的名字再次被村人说来道去。一支抄家队伍，深夜闯进来，说外公旧社会当过官，他们要抄官印、黄金、变天账……翻箱倒柜、撬了地板、掘了花岗岩地砖，也没找到这些，就把外公留下来的一屋子书搬到天井里用火烧。那些纸色泛了黄的线装书大多是医药典籍，点火的人说，这是黄色书，统统要烧掉。有个小青年，翻开几只甏，看到几坨"肺风散"，问这是不是炸弹，母亲说：你小时候还吃过它！抄家队伍走后，母亲对躲在角落里身体一直在发抖的我说，你外公早走了几年，还是有福的。

抄家后不久，有天晚上，有个村人偷偷跑来告诉我们，葬外公的那片坟场，公社要破四旧，马上要用拖拉机铲平，接到通知的人家，都已去做了处理。父母一听急了，第二天一早，带上我，扛着撬棒、铁锹等工具，还有天井里盛水用的一只铁皮桶（事情紧急，只有用它来安置外公的遗骨了）赶到了坟场。

那天风特别大，天特别冷，周围除了我们没有别人。不少墓穴裸露着，棺材板东一块西一块，小水沟里还有人的骨头。父亲开始刨坟，棺盖撬开的一瞬间，我真的又见到了外公。白胡子，长袍马褂，还有手杖，一切都清晰。可是，一眨眼，一切面目全非了。父亲告诉我，这就是风化。又说，因为外公坟墓地势高，棺木好，防腐做得好，所以刚才那么清晰。母亲见到这一幕，人软了下来。接下来的事情我和父亲一起做。我们把外公的遗骨一根根拾捡出来，放到铁皮桶里。大家出来匆忙，只带了一副手套，父亲要把手套脱给我，我不要。我很仔细地把外公的每一根手指遗骨都找了出来，心中没有一丝胆怯，只有一个念头，就是尽量要把这件事做好。放好遗骨，父亲开始找地势最低处挖坑，只有低处再葬外公，才能防止拖拉机平整时被刨出来。坑挖好了，我和父亲抬着装有外公遗骨的铁皮桶，还有外公的墓碑一起放了进去，然后盖土，直到让人看不出什么异样，即使我们再来也找不到——这样才放心。

逝水年华几十载过去了，关于外公的一切，于我，就像宣纸上落了墨，钤了印，永难消退。恨会随着时间的冲洗一点点变淡；唯有爱的记忆，不会。

从北京人到上海人

　　白皙的皮肤，苗条的身材，时髦而又随意的衣着，在列车将要启动时，她才进入车厢坐到了我的对面。当她朱唇轻启，抖落一句京腔时，方知这是位北京女孩。

　　经验与传说告诉我，面对外人，北京人往往透出一股傲气，而上海人又常常流露一种优越感。这种"气"与"感"碰在一起，很容易相互排斥，据说，北京女孩尤其高傲，不轻易理睬人。

　　然而，眼前这位北京姑娘却是那么随和，很快融入周围一群上海人的交谈中。她告诉大家，两年前她在北京大学毕业后进了当地一家大型企业，工作不到一年，单位总部就要迁址上海浦东。领导征询她的意见，如果留在当地分部，只能换岗，要继续发挥专长就去上海。她家祖辈都居北京，亲戚中也没有上海人，父母又极疼爱这个独生女儿。她权衡再三，最后选择了上海，因为她觉得浦东这块热土能给她的事业带来更大的发展。父母很理解她的决定，退休教师的母亲表示，她可以兼课为女儿赚路费，如果想家了星期天就飞回来。开始，她每两周就北飞一次，以后改为每月一次，现在是放长假才回去，火车提速后，她也改乘火车了。

　　谈起她对上海的印象，她说上海的气候让她的皮肤变得细腻白皙了，上海的菜各种风味都有，她也很喜欢。说到上海人的精明与细致，她举了两个例子。刚到上海时的一个周日，有人提议为新同事接风，去饭店聚餐，结果却是 AA 制，当时她觉得上海人真抹得开脸面会算钱，现在她习惯了 AA 制后就觉得它的合理与方便了。可是有一次聚餐却让她受到了感动，席间，她无意中说起明天是她的生日，这下子大家马上张罗起来要求店里现做一只大蛋糕送上桌，插在蛋糕上的祝词是大家斟酌后写下的：生日快乐！欢欢喜喜当个上海人！最后，饭钱虽是摊份，但蛋糕的钱大家却坚持不让她付。她说叫人感动的就是上海人的这份体贴了。

听她言谈中不时夹几句上海话，大家表扬她会说沪语。她说到上海后，特意找了个上海人合租一间房，这样朝夕相处，很快她也会说上海话了。她说到了上海就要入乡随俗，更要学习上海人的一些长处。这一年多来，她领教了上海人的一种不张扬的竞争与好胜。她说，比如，她的一位同事知她谙熟一门今后工作上可能用得着的外语后，于是也暗暗抓紧补习了这一门外语，不久就能与她对话了。所以她现在不常回北京了，而是把业余时间留作充电学习新知识，迎接新挑战。她觉得要做一个新上海人，必须时时进步着，才不会被淘汰。

有人问她是否打算找个上海男孩当丈夫，她用了春秋笔法，说单位里还引进了一些其他省市的优秀人才，所以要选对象也不排除在这些人中间找，再说，现在大家都是上海人了！说这句话时，她笑着加重了语气。

谁说不是呢！海纳百川的上海确实时时更新着的，好姑娘，愿你在上海这块土地上，绽放生命的美丽与璀璨，并与她共度好时光。

大人的尴尬

　　小区绿地里，几个晨练完的大人凑在一起谈山海经，谈炒股，谈买房，谈长工资，谈做生意蚀本发财，谈某某人发迹、某某人倒霉等等。一个人讲，他妹夫今年三月买了彩票，中了头奖，算是拾到了一只皮夹子。于是他在老婆的默许下，也开始了买彩票，每次出门，摸出一包香烟钱，买两张试试，也想拾拾皮夹子。还有一个人说，去年股市暴跌之前，他见好就收，将股票统统抛出，又在最低迷时，用最低价购进，今年股市回升时，他又一下子出手，算是拾到了六七只皮夹子。所以他说，拾皮夹子要会拾，要看准啥辰光、哪些人家可能会落脱皮夹子，不要守株待兔，只盯牢一个方向。还有一个人说，他不相信炒股、买彩票，但退休前算也拾到一只皮夹子，钞票虽不多，也总算是拾着，增加了一级工资，如果他的生日再提前一天，这只皮夹子就拾不到了。

　　这些人口无遮拦，说说笑笑，声气颇大，惊动了旁边一个跟他爷爷一起来锻炼的幼儿园小朋友。小朋友听到这些大人眉飞色舞口口声声谈论拾到皮夹子，很是惊奇。小朋友问旁边一个留胡子的老伯伯：拾到皮夹子，不是要还给人家的么？你们为啥还高兴？老伯伯还未回答，旁边一个叔叔马上笑嘻嘻地说："小朋友，拾到皮夹子，就像吃到了好东西，哪能再去送给人家？要么只有戇大才……"话未说完，留胡子的老伯伯就用眼睛瞪了一下那个叔叔：去去去，不要瞎三话四，毒害小朋友……留胡子的老伯伯清了清喉咙说："我们拾到皮夹子，都去交公的，拾到皮夹子高兴是因为做了好人好事，做了好人好事，心里开心，讲起来就特别激动……"

小朋友听了老伯伯的话，再看看旁边几个嘻嘻哈哈的大人，突然叫了一声：骗人！然后一溜烟拔脚跑了，一边跑，嘴里还在唱山歌似地唱：骗人！骗人！啥人不晓得，你们大人最喜欢骗人了……

几个大人一下子都笑了起来：哈哈哈，这个小人……

这个小人后来把他的疑问告诉他爷爷，爷爷向他解释：他们不是真的拾到皮夹子，他们是碰到了幸运的事，是打比方……小朋友想了想又问爷爷："那么他们为什么要用'拾到皮夹子'来打比方呢?"这回，爷爷搔了搔头，一下子也回答不出来。

大　娃

　　我搬到这儿时，就听见有人"大娃大娃"呼唤他。他矮瘦，身形眉眼说好听点，像孙悟空，实在长得蛮寒碜。怎么会让这么一位担纲门卫呢？有一次我问他，你应该还有大名吧？他搔搔头，似乎有点不好意思地说："其实我姓王，叫王大贵，大娃是我老娘叫出来的，小时候老娘叫我小娃，后来看我吃得多，就改叫大娃了。我娘说，小娃怎会吃这么多呢，这不是大娃么？"

　　老娘就大娃一个孩子，这"孩子"也快五十了。大娃家住在离我们这个商品房住宅区隔开两条马路的老旧公房里。一到中午，他八十岁的老娘，就颠颠地拎着两个保温袋，里面大小盒子盛满了饭菜汤水，给儿子送饭来。一掀盖子，无论饭菜好坏，大娃总是眉开眼笑，把头凑近，伸出舌头，大呼：香香香！一会儿，风卷残云，全部落肚。老娘说，慢点慢点，别呛着！又对旁人说，看看，傻不傻，真是饿煞鬼投胎啊！

　　是有人说他傻，另外两个搭班的保安没把他当悟空，都把他当八戒，背后常叫他一声：呆子！讥讽他：当了个保安，拿了千把块钱，像是捡了不得了的好差事，整天傻乐，瞎起劲。

　　大娃的饭可没白吃，不长肉，光长力气。他常邀请小区里男人与他比试扳手劲，可又有谁赢过他呢？这样我才知道，为啥他能当保安。

我们这个小区二百多户人家，三个保安，日夜轮班转。照理，夜班是不能睡的。可到了后半夜，大多熬不住，另两个保安，常被睡虫俘虏去。唯有大娃，到了后半夜，神气更足。腰里别着报警器，手上端着电筒，走东转西，四处扫。

正是这番扫，有一次深夜两点半，果然扫到一个贼。那贼怀里揣得满满的刚想跃出窗，哪知竟有悟空样的人像是从天降，立马被擒，脖子被手钳牢，差点没勒死。过后，小区人对大娃刮目相看，纷纷夸赞："大娃，你是人小秤砣大！"大娃说："嘿嘿，我早知道，夏天窗开着，贼专拣后半夜下手，我能不防吗？他精，我比他更精！"

大娃在岗，从不闲着，规整乱停的车子，驱走乱发广告的人，清扫不识相人随手扔下的垃圾，还有住户信箱露了一半在外的信件书报，都让他忙碌操心。有时他不当班，白天也会到这儿，东看看西转转。那年雪天他收养了一条流浪狗，那条小狗长了一身疥疮，已快冻死了，大家都说扔了吧，他硬是灌汤灌水寻药敷贴，把狗弄活泼变清爽了。又听了老娘意见，给狗起名小娃。以后，大娃到哪，小娃跟到哪。渐渐小娃也随了大娃爱管闲事的性。比如，某个同类屎拉地上，主人装瞎子，小娃就不依不饶，盯着人家大叫大嚷。两个同事对大娃说，我看小娃像是你儿子。这话是笑他，可大娃不恼，乐滋滋抚着小娃脑袋：是像我，好儿子！

或许是长相、家境、年轻到年老一直也没有很像样的工作，所以已近知天命的大娃，还是光棍。他的老娘常常犯愁：乖乖哎，你老了咋办哪！你没得娘子我咋闭眼哪！大娃边帮娘敲背，边安慰娘：姆妈哎，人家说儿子呆，你也不聪明呀，你想，我虽困难，但也不能随便弄个落在篮里的就是菜呀，若不称心，待人不好，我不舒服，你更要操心受气哪！你儿子身体好没有病，将来死起来肯定很爽快，眼睛一闭，怕没人送火葬场？这话把老娘说得心里酸，但也无奈何。

这件事太突然。这天本不是大娃当班，他又带着小娃溜达到这儿来，到了小区绿地里，看到有辆白色的保时捷竟停在草地一角，大娃转身奔到门卫室问情况。当班保安告诉他，这是某户人家客人的车，打了招呼，一会就要走的。这是春节里，走亲访友多，小区里停满了车，后来者已难寻落脚处。大娃说，让他出来，草坪上怎么可以随便停车呢！你没见他后车轮把黄杨树也压倒了！那保安说，算了，人家马上要走的。大娃不听，自己去按那户人家门铃。

那人下来了，一个壮汉。大娃与之理论，那人竟污言秽语骂起人来。一旁小娃突然冲到壮汉脚旁，撒了泡尿，随后咬住壮汉裤腿，狂叫猛跳。周围人都笑了起来，壮汉恼羞成怒，猛地拎起小娃朝前方一块风景石扔去。小娃惨叫一声，顷刻倒地不动了。

大娃抱起小娃，傻了片刻，随后向壮汉扑去。壮汉不经打，一会趴在地上哼着起不来了。清醒后，大娃自己报了警。警车来了，把壮汉和大娃带走了。上车前，大娃把身上的保安服脱下，裹住了已经闭眼的小娃，泪水涟涟对周围人说，帮帮忙把它交给我老娘吧。

大娃这一去，再也没见来上班，让大家怪想他。听说他打断了壮汉一根鼻梁两根肋骨，又听说大娃因付不起赔偿，案子好长时间才了结。过了些日子，有人打听到大娃已在一处高档住宅区里重新当了保安，据说这份工作还是警察给介绍的，薪金要比此地高。后有知情者说，大娃原是六十年代初大饥荒时的弃婴，当年他老娘挖野菜时遇到了躺在小沟里的他。

电话今昔

　　有一次我给一个四岁的小朋友讲故事：森林里有两只小白兔，住在森林东边的叫东东，住在森林西边的叫西西，它们是一对好朋友。有一天早上，东东和西西同时想念起对方来，于是它们就一早出发，去看望好朋友。当东东跑了一天，赶到西西的住处，西西家大门紧锁着，邻居告诉东东，西西一大早就去看望住在森林东边的朋友了。而西西赶到了东东的住处，同样也敲不开门，邻居告诉西西，东东一大早就去看望住在森林西边的朋友了。东东和西西又赶紧往回跑，希望能在路上相遇。可是通往东西边的路不止一条，这一回它们又走岔了……

　　故事还没讲完，小朋友就迫不及待地说：它们为什么不事先打个电话呢？瞧，在四岁小孩的眼里，动物世界也是该有电话的！可见如今电话深入人心习以为常的程度。

　　电话发明已有一百多年历史了，可是在我国百姓群体中，电话的普及使用却是在国家实行改革开放政策之后。年岁稍大的人都不会忘记，三十年前私人电话用户是极少的，就是八十年代初，谁家新装电话也是要让人刮目相看并揣测用户的身份和变化：当了领导？做大生意了？海外有人？

　　那时老百姓大多使用公用电话，里弄居委会的电话有专门负责接线转达的人。外面电话进来了，就有人手执电喇叭（也有不用喇叭的）跑到用户门前或楼下大声呼叫。"502 张小兰，你男朋友来电话，叫你晚上 7 点钟到大光明看电影""32 号甲陈阿根，你妹妹叫你快到长中心急诊室"……诸如此类，内容五花八门。谁家一点事情，如此一呼一叫，全弄堂都知道了，没有隐私可言。人们也习以为常了，苦的是上夜班白天要睡觉的人，真正是不堪其扰。

到了九十年代初，家庭安装电话渐渐开始普及。市区里，先是一幢楼里有几家领头的，接着是整个楼区一大片一大片的排线路待装，郊区也紧接着跟上。再后来，广大农村也村村寨寨通了电话。与此同时手提电话由最初砖头样的"大哥大"，体积开始渐渐越变越小，改称为"手机"了。发展至今，走在路上，老少妇孺，几乎人人手上都有一个，谁不拥有，倒属另类了。

为什么改革开放后，电话普及得这么快这么广？这是因为改革开放使中国人迈入了一个崭新的时代。国家经济建设的发展，人民生活的改善，刻不容缓。中国人从来没有像今天这样迫切需要方方面面的协力合作，互利互惠，从来没有像今天这样格外需要重视时间，重视速度，重视效率。一个电话改变了一个人的命运，一条信息救活了一家企业……在今天，信息的畅达，演绎了无数这样的神话。时代赋予电话重任，而电话也见证了时代变迁。

风景两题

背竹篓的老汉

天冷。绿地上的草冻得蔫头蔫脑的,平日在此锻炼的人大多待在屋里了。只有一些调皮的男孩子,照常在草地上追逐打闹着。这时,不知从哪一扇门里走出一个背竹篓的老汉。

老汉六十多岁模样,脸膛黧黑,头上裹着布巾,山乡人的打扮。背篓里的小孩,两岁多点,白白胖胖,穿戴倒颇洋气。老汉背上的竹篓,赭红藏紫,泛着陈年的光泽,一看便知,也有一大把年纪了。也许,它还载过老汉的童年呢!

一刻工夫,背竹篓的老汉成了绿地上的焦点人物,嬉闹着的孩子们不约而同朝这厢奔了过来,七嘴八舌,张张脸上挂着惊奇。小孩子哪里见过载小孩的背篓呢?老汉两手插在袖筒里,在鹅卵石小径上踱着方步,脸色是喜不自禁的,眼神里有自得,有满足。他背负着的定是他的血脉根苗呀!

此地属市郊,一幢幢商品房拔地而起,有不少外乡人在此购房安家。猜想,这位老汉的儿子也是新上海人吧?过年了,也许是工作走不开,也许是怕回乡车堵,就让老父亲到上海来团聚了。生活在山里的父亲呢,接到儿子的邀请,背篓里装满了山货,风尘仆仆赶来了。到家后,背篓空了，就把小孙子放了进去，趁儿子媳妇上班去，背着孙子溜达开了。

年过后，不见这位老汉了，也许又回到山里忙去了吧。

玩扯铃的男子

中午，阳光正好。一位五十多岁的男子，躲在绿地僻静处，专心致志地玩扯铃。刚牵扯绳子，铃就掉了。于是捡起，再扯，再掉，再捡，像是不停地鞠躬。

几个孩子看见了围上来，叽叽喳喳笑他笨。于是他装出很凶的样子，驱赶他们：走走走！关你们什么事！

见我朝他看了一下，他不好意思地笑了起来，说：刚学着玩，这帮小鬼笑得我信心也没有了。我刚要识趣走开，就有一高个男子走了过来。高个颇有兴趣地望了一会，忍不住当起师傅来。一招一式示范，讲要领，手势怎样摆，力道怎样用。一番教诲，徒弟果然有了进步。

徒弟叹息：你小时候一定玩过的！师傅问：你怎么没玩过？徒弟打开了话匣子：小时候我只玩过"贱骨头"，贱骨头自己可以用木头削出来，扯铃要花钱买，家里哪有钱买这个东西啊！只好看人家玩。后来上山下乡，再后来顶替进厂，忙七忙八忙到老，现在提早退休了，就想到要锻炼身体了，同样活动筋骨，要好白相，所以就想到了扯铃，从小心心念念这样东西，现在总算到手了。

问扯铃多少钱买来的？他说只要二十块钱。问他退休工资多少？他言千把块。"只要身体好不看病，这点钱对付日常开销足够了，一只扯铃二十块钱又算什么呢，一点也不贵的，是不是？"他问我与那位高个师傅，我们忙点头称是。

大约两周后的一个清晨，我躺在床上，忽闻窗外传来一阵"嗡嗡嗡"的蜂鸣声。很奇怪，冬天哪来的蜜蜂呢？我忙起身，撩开窗帘：是那位玩扯铃的男子！他摆开架式，左牵右拉，已将扯铃玩得团团转。此刻的他，一定很开心。人生的理想、心愿，无论宏大还是微小，能够实现，总是快乐的。

该怜悯谁

有时，一些很小的事情也会在人的心头飘不走。

那天，在车站候车，一个握着棍杖的盲人走了过来，用棍杖摸摸索索走两步退两步探寻着站标。出于怜悯，我问他乘几路车子，他说是94路，我便告诉他这儿就是，不必再走了。他连连说谢谢谢谢。隔一会儿，听到他在说，"乘车方向不要搞错，这边是朝长风公园方向，马路对面是往静安寺，你们到什么地方啊……"再一看，原来他是在和旁边的两个青年说话。两个青年朝盲人只看了两眼，没有理睬盲人的热心。车来了，站上的人都朝门口涌去，两个年轻人更是一马当先，抢在盲人前面，逼得那可怜人连连后退。

到了车上，我有心观察那盲人的神情，他是否会因为众多亮眼人与他抢座位而伤感？没有！依旧是一副从容自在、无悲无忧的表情。那两个年轻人已经抢到了座位，观赏着街景边说边笑，盲人就立在他们旁边。

过了几站，两青年中有一个问：到长风公园还有几站？未等售票员回答，那盲人耳朵尖，抢在前面答话。"我就在长风下车，你们跟着我走好了。"

盲人的这句实在话，仔细想来，让人觉得颇有点喜剧色彩。我想，不知这两个青年听了怎么想？亮眼人与失明人各有各的坦然，使我顿悟，我对这位盲人的怜悯已丧失了理由。余下来的问号是：该怜悯的是谁？

给自己加薪的人

　　老钱在小区绿地锻炼身体，对面窗口传来妻子的喊声：老钱，家里盐用光了，快去买袋盐！老钱回应：等我工资加好再去买！

　　不知情者会觉得奇怪：买袋盐，还要等加了工资？知情者却心领神会。

　　七十出头的老钱六十年代初支援大西北建设，一干几十年，退休后，叶落归根回上海。人和户口到了此地，养老金却是彼地标准，至今仍是每个月一千五百元左右的收入，低收入的待遇却要承受高收入的物价，确实让老钱一家日子过得紧巴巴。几年前，老钱一次生病住院，把家里仅有的一点积蓄花得兜底光，还欠了亲戚的债。老钱的妻子埋怨老钱：你呀，姓么姓钱，叫么叫光明，"钱光明"好听来，以后把"明"字去掉，就叫侬"钱光"最恰当！钱光了，以后再进医院怎么办！

　　老钱面对妻子的牢骚和忧虑，思考了几天后，做出了一个以后绝对可以堵住老婆嘴巴的决定——现在开始锻炼身体，强健体魄，争取以后不再花钱吃药进医院。决心一下，老钱如开了弓的箭，不再回头。冬练三九，夏练三伏，散步、慢跑、做操、打拳、气功，按时段轮番练，无一日间息。言必行，行必果。渐渐，老钱的面色红润起来，身板硬朗起来，步履矫健起来，先是扔掉了药罐子，后是不再进医院。真所谓，一年初见成效，两年大见成效，三年完全变面貌。

老钱是这样对周围人说的：现在像我这样七十多岁的老人，大多难免病痛缠身，如果每人每年平均看病要花费一万元，我不看病了，就等于省下了一万元，把这一万元分摊到一年十二个月，就等于每月加了八百多元的工资。再说身体垮了，手脚动不了，还要请人照顾，不要说请保姆，就是用钟点工也蛮贵的。身体好，这些再省下来，又等于加了一份工资。归根结底，寿命延长，多活一年又可得多少工资啊，假若活过平均寿命，那这个工资就加得大了。我现在天天锻炼，把身体搞好，就等于自己给自己加工资，而且是年年加，月月加，天天加。

所以，现在，周围熟悉者一见老钱到绿地，总这样招呼他：加工资来啦！老钱则笑呵呵把慷慨送给同样甩胳膊动腿者：人人有份！大家一起加，一起加！

老钱的老婆笑骂他：十三点，一天到晚把加工资挂在嘴上，十足阿Q！老钱回嘴：当阿Q开心，身体好，有啥不好！最近，老钱把他妻子也动员到"给自己加工资"的队伍中来了。

花市拾零

在所有的展览会中，鲜花的展览无疑是最吸引人的，这次国际花卉展览期间，通往园林展区的各条小街也成了花市，是免费的门外花展，同样吸引了如潮的游人。观花市，常有一些细碎的情景，感动着人心。

一个四五岁的小男孩，由白发爷爷带领着，进行花卉知识启蒙教育。爷爷说一句花名，小孙子跟着念一声。爷爷问，记住了吗，这种花的形状？孙子答记住了。爷爷说回家画下来，小孙子嚷着要爷爷买下来。退休的爷爷摸了口袋，还缺几块钱，正为难，卖花的小姑娘一挥手，又摸了摸小孩的头：算了，半卖半送你了，回家好好画吧！爷孙俩欢天喜地携花而去。

一位中年男子看中了一盆君子兰，与东北来的卖主讨价还价。东北汉子笑吟吟地说，大哥，我开这价，值！中年男子把他准备付的钱放在案台上试探着说：我走了？迈了步，听到东北汉子又是一声：大哥，我这价，值！依然是笑吟吟，一脸和气。买主不好意思了，笑嘻嘻应着：好，好，你说值，就值，赶紧又掏出 20 块钱补上。这一卖一买都不失一份优雅。

一辆轮椅车过来了，拥挤的人群即刻帮着闪开道。轮椅上是一位瘦削的、有着明显病容的老太太，推车的是位戴眼镜的老先生。老先生买了一束鲜花塞到老太太怀里，老太太咧开了没牙的嘴，脸上泛出了血色，却又指着十块钱八束的干花，还要。老先生赶紧又买下，放在车里。鲜花与干花放在一起，这一枯一荣形成对照，但都有着属于自己的美丽。

一位金发女郎购下几大箱花种，她的翻译告诉大家，她来自芬兰。这些花种几小时后将要离开中国伴随主人飞往遥远的他乡。女郎的车子停在大路口，进不来。大家帮着把这些箱子抬到大路口，再放进车厢里。抬箱子的除了翻译、司机，还有素不相识的游人。车子启动了，人们把目光送得很远很远，空气中回响着金发女郎不流利的汉语道谢声。

观花市，一路常有好风光。好风光的内涵是美。一本书，有读懂读不懂，有喜欢不喜欢，对于花，人群中，无论富贵贫寒，男女长幼，有谁会拒绝？愿普天下爱美的人，都有着花一样美丽的人生，也企盼在拥有鲜花的生活中，勿忘坚守花样的美德。

鸡蛋的故事

　　我小时候，家处近郊，家里养了很多鸡，鸡多蛋多，随便怎么吃。妈妈说，自我出世后，家里腌咸蛋也是用鸡蛋，因为鸡蛋对小孩来说，营养更易吸收。有一年，我患上慢性肺炎，外公说小孩肺嫩，也没有发热，不要先用药，可用麻油煎鸡蛋，半熟时再用冰糖水喷浇，上下午各一只，试试看。这样吃了没多久，病果然好了。

　　五十年代末六十年代初，家里不养鸡了，因为那年月人都吃不饱，哪有余粮饲鸡呢。妈妈不免提起往事，说我小时嘴巴刁，每日一小碗蛋羹，必用红烧明虾的汁浇上，才肯咽下。可是我对此不记得了。我想，这样的吃法放在懂事有记忆后，该有多好呀。三年困难时期过后，家里又开始养鸡，吃鸡蛋又变得不稀奇了。

　　到了文化大革命，流行起"割资本主义尾巴"来，谁家养鸡养鸭就是留资本主义尾巴。我们村里，无论农家还是其他劳动家庭，几乎都养鸡。上面口号一来，居民组长和几个积极分子就开始忙了——挨家挨户搜查可能匿藏的"尾巴"。

　　我家庭院颇深，花草树木也芜杂。听到风声，遮掩几只鸡还是不难的。但也禁不住一次次上门查。有一次，一帮人检查完刚转身，两个弟弟刚喊出一句"平安无事啰"，突然间，灶间里响起一阵"个个大、个个大"

的母鸡欢叫声，真是拦也拦不住！组长顿时变脸：不是说杀了么！怎么还没杀！妈妈没二话，只好赔笑脸：马上杀！马上杀！于是此后大开杀戒，先处决公鸡，再解决母鸡。剩下一只下蛋最勤的芦花鸡，实在是舍不得。当时市面上早已没了鸡蛋踪影，逢年过节凭券供应一小包冰蛋，解馋都不够。人以食为天，鸡蛋还是要吃的呀。我们只好作一点违抗了，偷偷藏下这只"尾巴"。妈告诫我们几个孩子：如果还想保住这只鸡有蛋吃，就要管住它不让它叫。这样，两个嘴馋的弟弟，一见芦花鸡趴窝，也跟着蹲在鸡窝旁。等它下了蛋，刚要吊嗓子，就撒一把米，封它嘴。这样费心思攒下的几只蛋，妈妈还要省下大部分用来招待客人。

　　"文革"中期后，父母的朋友熟人中有些当初"靠边站"的人渐渐"平了反"，开始了走动。我家也热闹起来，常有客人上门。来者大多居住闹市，也许是这儿友人家的一座乡村庭院，一点自然生机，几个不谙世事的少年，能让他们放松一下长期疲惫的心灵吧，即使爸妈不在家，他们也都乐意来。这些人有学问，也有技艺。其中有位蒋先生虽没有琴棋书画之功，口才却好，能把各式故事讲得令人捧腹，而我父母更是满心欢喜。其时，两个十来岁的弟弟，罢了课，闲得发慌，常出去瞎玩，不免闯祸。客人常来，也可拴住两个调皮鬼的心。妈妈好讲礼数，家里没有一点像样的菜是不随便留客吃饭的，但常会煮一碗酒酿水潜蛋敬客。有一次，我家老朋友范先生突然把著名连环画家华先生请上门，这令全家人欣喜不已。妈妈后来宣布，以后起码要有两只鸡蛋留着，以备华先生来做客。

　　永远记得这件事。那天，原本该上午下蛋的芦花鸡，却拖到下午，小弟等得心焦，蛋一出来，就急忙捧起来，谁知一不小心，蛋掉地下砸破了。我们赶紧把蛋黄抓起来，大弟却对这只碎蛋动起了脑筋。大弟说，现在瓮里只有一只蛋了，一只蛋按妈的规矩用来招待客人是不成礼数的，再说看样子要下雨，华先生是不会来了，干脆我们把一只好蛋一只坏蛋一起炖了吃掉它。"那么明天华先生来不是又没有两只蛋吃了么？"小弟问。"笨蛋！现在天已经阴了，明天肯定下雨！"大弟断言。

　　在我的默许下，大弟开始操作。热气腾腾的蛋羹炖好了，兴奋过度的大弟把两根筷子分别穿进蒸锅的两只耳攀里，手执筷子端起来，扭着身子模仿起当时的流行舞，边扭边唱："敬爱的……"一句词没唱完，"啪"的一声，一只锅合扑翻，蛋羹伴着瓷碗倒地四溅。我们还没醒过来，只见大弟又是一个怪动作，突然匍匐在地，用嘴衔起地上稍囫囵的蛋块，边吞边让我们也跟上。小弟边捶打哥哥边跟着趴下学哥哥样。

　　尴尬的事还在后面！刚清理完地上残渣碎片，就听到脚步声。啊！华先生穿过墙门间，人已站在天井里，正笑呵呵望着我们。我的心开始狂跳，待华先生坐定后，脑子里已想出一个无奈之法。鸡蛋没有了，只有多放酒酿充数。于是我从酒酿钵头里盛了满满一大碗厚酒酿，热好了，端给华先生。华先生端起碗那一刻，我和弟弟们紧张地观察着。只见他先轻轻吹了吹热气，接着用瓷勺撇下碗边缘的酒酿，漉出一点汤，送入口。尝了几口酒酿之后，再将勺深入碗中央，待舀出来的仍是酒酿后，他就慢慢地吃起来。剩下一小半了，华先生就把碗搁下了。见华先生不动了，一旁的大弟还起劲地招呼：华老师，多吃点，多吃点……华先生突然笑起来：你们几个小家伙，想让我吃醉啊！华先生终究厚道，没有说出疑问，怎么没有蛋啊？

　　此事很长时间一直让我羞愧不已。几十年后的今天，有时听到一些关于"心血管病人该不该吃鸡蛋"之类的讨论，我便会想起从前我们家里关于鸡蛋的一些往事。当然华先生是始终也不知道他吃"这碗十足酒酿"之前发生的故事了。我想，如若华先生知道这碗酒酿里鸡蛋失踪的原因，画出几幅连环画，实在也是蛮有趣的。

监考记

预备铃响，我握着试卷踏进教室，突然，有几个孩子冲着我笑嘻嘻地拍起手来。不一会儿掌声竟成全班共鸣。我心一惊，开始收起笑容，努力使脸色变得肃杀。当大家安静下来进入考生的角色时，我也开始反省自己。当了多年的教师，这样的礼遇可是第一次呀！今天自己难道有什么蛛丝马迹落在眼尖的孩子眼里，被认为是有机可乘因而大受欢迎？

想啊想，蓦然想起上星期的一节课，那是大考前副课照例要改为自修的那节课，因着孩子们眼中流露出的厌倦，结果我还是上了美术课，上了一节漫画作品的赏析课，那是教科书上没有的。我把多年收集起来的优秀漫画，分发给他们欣赏，然后有选择地介绍了一些幽默画作品。结果是人人眉开眼笑。情绪达到高潮时，有的竟笑得前俯后仰、拍手跺脚。辛苦了一学期的孩子们需要释放，需要快乐呵！我明白了，正因为我曾给了他们宽松与理解，他们才将掌声作为回报，赠我以朋友般的礼遇，并希望我仍以朋友般亲密无间的关系待之，不要虎视眈眈。

可以说大多数孩子都是厌烦考试的，尤其是成绩较差的孩子。偶有作弊之事多是发生在考试后阶段，往往是实在做不出，才发了急。我盯着一个神情有些特别的学生。上半场，只见他做题时，嘴角似乎还挂着笑，做到顺利时，面对试卷，频频点头，像是与老朋友打招呼。我为他高兴。想象着，他的笑里，也许还想到爸爸妈妈看到好分数后两张好看的脸。但是，渐渐地，他的神情变了，变得不耐烦了。只见他脖子要转不敢转，头一会上抬，一会下放，像是饮水的鹤，又像是啄米的鸡。见我盯着他，头不动了，手却忙了，开始拨弄笔套上的扳扣，发出"嗒嗒嗒"的声音。我知道他做不出，无聊呵！我向他做了个手势，他停止了动作，头趴了下来。

过了好一会，见他也不动，我生怕他睡着，走过去拍了拍他。他头抬了起来，原来他蒙着头在画画，只见草稿纸已被画得密密麻麻，大大小小的鱼，腾上翻下乱作一团，纵横交错的线像一张特大的网，罩住了这些鲜活的生命，我把这张"画"收了起来，换了张白纸给他——上面已实在找不出一点空白可派正当用场了。

考试结束，他期期艾艾问我，是否准备把他乱画的草稿交给班主任？看他有些惊慌的样子，我笑了。我说，这张画还挺有创意，我已欣赏过了，现在还给你，不过，以后可要好好考试。他向我道了谢，转身奔出教室，走廊里传来了一阵歌声：谢谢你给我的爱，谢谢你给我的温柔……

一刻钟后我踏进会议室，参加教工大会。不一会，就听见校长高亢的声音：要好好想想看！为什么学生会对你情有独钟，会热烈鼓掌欢迎你监考……

底下教师面面相觑，想找出那个"受欢迎的人"来。我脸一热，赶快把头趴下。

进化的猴子

　　这片原始山林开辟成旅游景点后，一年四季，游人如织，居住在这里的一群猴子受到了游客们的青睐。渐渐地，聪明灵巧、善于模仿的猴子们也听懂了好些人话，会按照人的要求表演一些动作。当然，猴们表演前，已经是看到了人手里举着的水果、糖块等赏物。

　　某日，一位衣衫光鲜的男士，带着一群人来到这儿观光。听导游介绍说，这里的猴子很是灵光，会听人口令表演"敬礼、拍手、鞠躬"等动作。这位男士便举起手里的一只香蕉，清了清喉咙，喊了一声："敬礼！"正在不远处嬉戏玩耍的两只猴子，听到一声"敬礼"，看了看男士手里的赏物，不约而同飞快地跑到这位男士面前，后肢直立，一条前肢举向脑侧，神情毕恭毕敬地做了个敬礼的姿势。男士哈哈大笑之后又叫了一声"拍手"，两只猴子便一阵"噼里啪啦"鼓起掌来。男士看得很过瘾，即将手中的香蕉递给了一只猴子。没得到香蕉的另一只猴子急忙向男士伸出前掌来。男士又从口袋里掏出一块水果糖来，塞到猴掌里。

　　谁知该猴子不领情，扬起前臂将水果糖扔得远远的。男士悟出该猴子大约也想吃香蕉，但自己手上已没有了，于是就朝前面的几个人喊了一声：喂，你们谁有香蕉？听到该男士的这声喊，一个人马上回身奔过来说：老板，我这儿有。

"好了，好了，不要捣乱了，你想吃香蕉就给你吃。"老板一面将救急的香蕉递给猴子，一面将扯住自己口袋不放的猴掌拨开。想不到的是，猴子竟然又将香蕉扔得远远的，一副爪子仍不依不饶地拽住老板的衣衫不放。

围观的人呆住了。老板有些恼羞成怒了，对着猴子吼了一声：你捣什么乱？再不听话可要挨揍了！话音刚落，突然地发生了意想不到的一幕：那只剽悍的猴子，猛地一把扯下了老板脸上的金丝边眼镜，两下子扯断了，朝山那边扔去，一面飞快地跳着跑开了。

周围的人好一会才叫出声来，目瞪口呆的老板也愣了好一会才骂出一声"混蛋"来，但是人怎么能与这四只脚的牲畜计较呢？只得自认倒霉了。

一路上，大家都在猜测：是什么惹恼了这只猴子呢？游客中有位老者，想了想告诉大家。他说，他看过一份报道，近年来一些科学家经过研究发现，随着人类文明进程的发展，与人同属灵长类动物的猴子也进化成具有平等观念的动物。科学家通过实验发现，如果完成相同的工作而给予不同的奖励，猴子会拒绝接受奖励，科学家这番结论看来在今天这只猴子身上也得到了验证。

"一块水果糖与一根香蕉比起来，确实奖励的份额要轻一点，但是后来不是已经补偿给它香蕉了吗？"有人问。"是的，是补偿给了它香蕉，但是，不要忘记，这只香蕉是从别人手里拿来的，在猴子看来，指挥它，享受到它服务的是老板，但却要没受到服务的旁人替他做出回报，也许猴子就觉得这十分不公平，所以它拒绝了那根香蕉！""我也只是根据人的思维猜测，不知道对不对。"老者又补充了一句。

众人默然，陷入了沉思。

老境童话

记　性

她跟跟跄跄趺坐在阶沿上。她边哭边喊，一遍又一遍：我的鞋呀！我的鞋没了呀……刚才她从车上挤出来，一只鞋落在车上开走了。

问她住哪里，她摇摇头。问她要到哪里去，她说我要去找阿翠。阿翠在哪里？她指着前方：拐两个弯，看到一家烟纸店，再朝前走，老虎灶隔壁第二家……

可是现在哪还有这个地方呀！警察从她口袋里摸到一张写有住址的卡片，警察开车把她送到家里。一家人正为她丢失而着急。

妈妈年纪大了，脑子糊涂，常常出门忘了回家。女儿对警察说。

看到妈妈脚上一只鞋，女儿吃惊了。这已是几十年前的老古董——黑布面、千层底、还有一根细搭攀。妈妈放在箱子里一直当纪念，今天怎么穿上了？

我要去看阿翠，我要去看阿翠……

啊！这鞋正是二十年前搬迁分手时，邻居阿翠送给妈妈的，她们是从小到大的好姐妹。

好好好，下个星期天我陪你去看阿翠。唉，阿翠也该八十多了，还不知道找得到找不到。女儿心里嘀咕。

不去了，不去了，我把阿翠的鞋子弄丢了，我没脸见她了呀！她又哭了起来。

一旁的警察拍拍她的肩：老太太，别哭了，等一会，我去车站里找找那只鞋。

她停了哭泣，指指警察：你是好人，谢谢你！又指指女儿：她是坏人，她一直不肯带我去……

真　嫩

他端来一盘西瓜，挑了一块送到她面前：这瓜很甜，你尝尝。她倚在床上，笑着接过瓜，慢慢吃起来。

他见他端着西瓜进了隔壁，即刻下楼买了两串荔枝，也跑进隔壁。他剥好一枚荔枝送到她嘴边：荔枝比西瓜好吃，快吃荔枝。

大热天，吃西瓜解暑，吃荔枝上火！他瞪了他一眼。

她身体虚弱，西瓜寒凉，还是吃荔枝好！他不服气，也瞪了他一眼。

哎，知道先来后到吗？老实告诉你，她是我女朋友，你才进来几天，不要白费工夫瞎起劲！

哼，你们又没有结婚，我有追求她的权利，懂不懂？

他俩争吵激烈，终于动了手。他的假牙被他撞落地上。他的假发被他扯掉地下。

老骨头动武，吓坏了一旁刚才还在看乐的护士，忙将两人拉开。都八十多的人了，真有力气，还打架！你先动手，不对啊！护士批评他。

他抢我女朋友！他气呼呼。

她也是我女朋友！他也气呼呼。

看看你，满口假牙，还要装嫩！他把假发套上头，讥笑他。

你才装嫩，头发都掉光了，你看我还有黑头发！他把假牙装上，批驳他。

好了，好了，为女朋友打架，你们都很嫩！护士笑道。

他们两个你喜欢谁啊？护士问她。

她有些羞涩地捋了捋白发，轻声轻气：大家都是好朋友呀，吵架难为情咯……说完，她张开没牙的嘴笑了。

他俩看她笑了，也笑了。

当晚，年轻的护士写下日志：今天两位老人违反院规打架，但这是我工作以来看到的，敬老院里最动人的一幕。

老马上任

　　癸巳年最后一个时辰，老马正专心致志再次擦拭自己的腿脚，忽觉背上一凉，又似有条鞭子在身上一抽一抽。原来是蛇大哥在向它打招呼。

　　老弟怎么还不抓紧休息一下啊，不一会该你忙了。我当了一年班，累坏了，总算轮到你上岗了，我好轻松轻松啰！

　　蛇哥当了一年班，有何见教可点拨小弟一二啊？老马讨教。

　　当今世界，机会与危机共临，困难和希望并存，我谈不上经验，最大的体会是应该是在其位，负其责，多办实事，不讲空话，亲诤言，远阿谀……

　　蛇还未讲完，就被一阵惊天动地的喧闹声打断，顷刻间，鞭炮齐鸣，响声雷动，丛林众生一个个拱手抱拳向老马奔来，人人口吐莲花，吉言不断：老马识途！一马当先！马到成功！汗马功劳！平素威严的老虎，此时也放下身段，笑嘻嘻送上一枝马蹄莲。

　　老马顿觉头发晕，脑发胀，屁股上开始麻辣辣疼起来。老马定了定神，理了理思绪，连忙向大家摆手道谢：谢谢诸位美言！大家的心意我领了，但仔细想想，老马我身上也有不少缺陷呀，从古到今也流传着不少并不美妙的传说呀，比如：马失前蹄、徒增马齿、马大哈、马后炮、露马脚等等。所以，对诸位刚才的好话，我只能当做鼓励，作为鞭策，在任期间，决不可被高帽子套牢，弄昏头脑，辨不清方向……

老马顿了顿，又对老虎说，比如你，以后也要尽量离我远一点，自己的事要独当一面，尽力做好，不要总是来找我帮忙，你我混在一起，好事也会变坏事！

老马话音刚落，狐狸就鼓起掌来。狐狸说，马哥就是明白人，高瞻远瞩，什么都看得清。今后你们谁都不要再拍马哥屁股了！

老马忍不住笑了起来，指着狐狸说，怎么你刚开口，我的屁股又痛了起来啊？你是不是也把我当老虎呀，这位虎哥过去可不是糊里糊涂被你牵着鼻子一路跑啊！

狐狸脸一红，嗫嚅道：马哥这么敏感啊，我可不敢了……

唉！老马叹了口气：当家人，样样要注意，脑子不清醒哪能行，记得有句话叫当官不为民做主，不如回家卖红薯。我如当班当不好，也只有把头颅断了做把琴，去跟黄舒骏唱歌啦！

唱啥歌？当然是"马不停蹄的忧伤"啰！

老牛日记择钞

（己丑正月初一）

昨夜过了子时，刚眯了会儿眼，就被老鼠弄醒：牛哥，都什么时辰啦，还要睡觉！我问老鼠，你一向称我为弟的，今天怎么叫我哥了？老鼠说，今年你当班你就是老大！这也不懂？果然，喧闹声中，全是关于我的恭维话。再抬眼一看，到处都是俺老牛的塑像，有金的、银的、玉的、铜的、铁的、陶的、瓷的……最可笑的是，还把俺老牛的粪也塑造起来，有人当香饽饽似的捧在手上。嘻！真好玩！

（己丑正月初二）

今日，来了两位稀客，一位是羚羊，一位是角马。他们说自己明明属于牛科动物，却叫了羊与马的名字，而犀牛、蜗牛、天牛根本不属于牛科，却称之为牛。他们觉得十分委屈，要求恢复名誉，为其正名。我劝他们：你们的名字，人们叫惯了，一时改口也难，再说世上之事名不副实的多得很，比如贪官叫长清的，穷人叫金山的也有。再如有个叫邓散木的篆刻家为自己起号叫"粪翁"，难道他就会成一堆粪吗？你俩在人眼里已是珍贵，何必为此劳心呢！羚羊角马听我此言，茅塞顿开，愉快而返。

（己丑正月初五）

今天一早，财神慌慌张张跑进门，让我帮忙把他藏起来，说他一夜天被人围追堵截吓破了胆。财神叹气道：我分身无术啊，有一店家放了几万块钱的炮仗，要隆重迎接我，结果烧掉了底楼人家的房子，他让别人受灾破财，我再到他那儿，岂不是助纣为虐啊！我想了想，对财神出主意：今后光顾哪家，不能盲目，一定要事先考察一下，这家人是否具有俺老牛这般勤勉踏实吃苦耐劳的优秀品质……

（己丑正月廿）

当班两星期来，累得要命，一天到晚有人找上门，有祈福的、求情的、诉苦的、告状的……今天蛮有趣，有一对属牛的祖孙来与我闲唠，说今天是情人节，他们思来想去觉得与我最有感情最投缘。爷爷说他从小放牛，后来参军打仗立功当干部，再后来当了牛鬼蛇神被发配到农村重新养牛喂牛，以后又官复原职，仍回到乳牛厂当领导。孙子大学毕业已两年，还像牛皮糖似地黏在家里不肯工作，发誓一定要找到一家最牛的单位，才肯上班去，因为他在牛津大学进修过……

（己丑正月廿五）

今日刚睁眼，只见一大群人，个个手里舞着一面小红旗，呼声惊天动地："牛归来兮！牛归来兮！"原来前天昨天股市都收绿盘，今日中小散户全跑到我这儿来请愿，要求我日日坐镇股市。老实说，今年来俺老牛还是相当卖力的，可那熊瞎子有时也会向我抡起拳头瞎来来。看样子，俺还得强筋骨，健体魄，练好铁脚板，对付老熊掌，必要时与其决一死战，以谢众多股民知音。

(己丑二月十九)

今日是消费者维权日，一大早，门口就被人围得水泄不通，全是来告状的！一位姑娘用了一种化妆品，脸上出了麻子；一位老人吃了假药，病上加病；一个孩子报名参加什么培训班，交了上千元学费，结果经办者人去楼空……我问：你们究竟要我做什么呢？一大群人愤怒起来：我们受的苦、吃的亏，全是听了你兄弟牛三的话，你可要主持公道，大义灭亲哪！我的血一下子涌上脸面：牛三啊牛三，你个混蛋！不好好耕田干活，却到处吹泡泡，到处坑蒙拐骗去害人，老牛家的脸面都让你丢尽了！今年我非要抓住你不可，严惩你不贷！……

两个爱画的男生

　　捷，瘦高个，眼睛小小的，嘴巴有点大。我第一次上他们班美术课时，看他的作业，就感觉到他对绘画有一种天然的悟性。我满心喜悦，开始对他关注起来。后来知道，捷除了画画，其他主科成绩都不行。他是返城知青子女，小时候读书脱了节，到了中学越发跟不上。

　　捷的绘画灵性，让我觉得这样的孩子，如不在画画上发展他的潜能是可惜的。我把他叫到美术室，问他对将来前途的设想，是否打算毕业后报考美专，如果有此打算，现在就要好好做准备。那时，全市美术中专仅一二所，招生极少，专业要求极高，临到报考，真正是千军万马过独木桥。捷听了我的话，同样是满心欢喜。他说家长也希望他将来能吃美术这口饭。这样，捷就成了美术室的常客。

　　美术课上，我常常把捷的作业展示给同学们看，大家喝彩，羡慕，捷也渐渐成了同学们眼中的好学生。捷的性情也变得开朗起来，和同学们有说有笑的。班级里有男生也有女生，碰到有些难度的美术作业，总喜欢找捷动两笔。我有时经过他们班门口，只要眼睛往里一瞄，一群男生就会一起大声叫起来：捷！捷！这时捷就飞快冲到门口，仿佛我手中有根线，一头牵着捷。

　　某一天，捷带了一个叫诚的男生，进了美术室。诚长得比较敦实，方脸，脸上有些青春痘。他刚从新疆转学到我校，户口落在奶奶家，他的知青父母仍留在新疆。诚一进美术室，脸上满是惊奇。那时，美术室里添置了好些写生用的石膏像：智慧的伏尔泰、忧郁的美第奇、受难的拉奥孔、威严的阿格里巴、美丽的阿里亚斯……一起聚在玻璃橱里。墙角堆满了画架画板，靠墙的一排大书橱里，除了书、画等资料，还有我经年收集的一些瓷器陶罐等。诚说，他在新疆没见过这些，他也从小喜欢画画，就是没机会好好学。第二天，诚带了几张水粉静物画来给我看。画面实在是色彩冷暖全无章法，形也不太准，但落笔颇为大胆，流露出一种自由的心性。他说这是有一次他打听到有个画家在阿克苏文化馆办画展，他走了好多路赶去看，回到家凭印象默画出来的。

自此，捷与诚，这两个命运有些相似的孩子开始一起来美术室，课间、中午，更多的是放学后。我那时课极多，终日排得满满的，往往只有到下班时，才有空陪他们一起画。捷和诚在我面前很放松，画到得意时会哼哼歌，吹吹口哨。我们也聊天，话题大多与画有关，有时也旁支逸出，捷谈他钓鱼养鸟捉蟋蟀的本事，诚则大谈他的阿克苏风景如何美，苹果如何甜，两个孩子对大自然充满好奇和热爱。谈到投机处，他们会忘记我是老师。有一次诚竟然对我说起，他在火车上碰到一个女孩，父母也在新疆，他们如何一见如故，并互生好感……我一听，真要命，竟想谈恋爱了！可是，像诚这样的年龄，这样的处境，这样的爱艺术，对一切美好情感的向往，是再正常不过的了。时间一长，师生关系，自然的，多了友情的成分。记得有次大年初一清早，两人来拜年，见我家门窗都关着，还没起床的迹象，俩人便在楼下对着窗子吹起了口哨。我在睡梦中，终于被熟悉的口哨声惊醒，赶紧跳下床，撩起窗帘一角：果然是这两个家伙！

天赋、兴趣、加上用功，捷和诚的进步是相当大的，在一次区中学生绘画比赛中，俩人双双得了第二名。然而，捷的主课老师见到我还是摇头叹气：唉，你的门生，又是红灯！初三一到，临考的日子逼近，我担心捷的文化考，警告他：再不喜欢，也必须要放点心思在上面，专业通过，文化线到不了，还是白搭！

可是，彼此的愿望还是落空了。专业考，捷初试复试都过关了，文化到底没上线，主要是害在外语、数学两门上。孩子多是感性的，某些功课一开始脱下了，没弄懂，渐渐失了兴趣就不想学，别人再唠叨多重要，心理上还是排斥它。由着性子来，捷终于尝到了苦果。那是多年前，放如今，五花八门的美术专业大增，门槛都降低，捷哪能不进呢！

捷最后进了一所航务局办的职校。他见到我，脸上有些惭愧和愁苦。我笑着安慰他：别放弃，天生我材必有用！即使在苏州河上开垃圾船，也可看看风景，画点速写。诚的专业复试没上线，后来进了一所普通中专。

三年后的一天，捷来学校告诉我，他已被学校附近的一家大百货公司招为美工。我大喜，赶紧抽空去看看。嗬，好气派！大楼顶端的工作室足有百多平方米，里面广告颜料、木板、纸张到处都是。捷穿着工作衣，神气十足地忙碌着。我对捷说，你还是要想办法深造，文凭是一方面，更重要的是，进了美校，会有相应的同学群，会有绘画环境，也有可能遇到很好的老师，这可丰富你的知识，开阔你的视野，对你将来的发展有帮助……

大约仅仅是过了一年，一个除夕夜，新年的钟声刚响，我已睡下，枕边电话铃急，一个熟悉的声音传来：我是捷，我在福州向你拜年！我已辞了美工，因为亲戚在福州，我现在美术系当旁听生，争取明年考大学……

诚在离校后也来看过我几次，最后一次是某天晚上，急匆匆到我家，他接到一家画廊的生意，要突击画一批画，需要一点资料。他想多攒点钱，将来如果读美术系，学费是很贵的。我跟他连夜赶到学校美术室，打开书橱翻找起来。

一晃十六七年过去了。这其中我搬了两次家，电话都变了，后来是学校也拆了。我没有去找过他们，但有时会想起他们，快乐的感觉时时还在。他们也许找过我，也许没有。都三十好几的人了，最忙的时候，都在忙吧，相信会是出息的。说不定哪天迎面碰上，彼此惊喜。

美人记

台湾八日游，走马观花、浮光掠影，倒也收获了一些美好的记忆。不说美食，永康街那碗牛肉面，精调细作，货真价实，齿颊留香，自然是不会忘却的。不说美景，碧海如洗的天色，清清爽爽的大街小巷，自然也是难忘的。单说美人，却不是环肥燕瘦的娇娥美眉，而是几位老少男子。

首夜入住桃园，酒店免费健身房里，一位年轻的服务生，看到我们，仿佛像见到久违的本家长辈，即刻上前询问是否需要帮助，笑意始终嵌在脸上。不少运动器材，我们并不熟悉，他一一热情介绍，并身体示范，手把手指导。夜已深，偌大的健身房里，健身者寥寥，他完全可以坐下来，玩玩手机，或瞌睡一下，可是他空下来或伫立一角，环视四周，或这端走向那端，缓步巡视。突然不远处，有位阿姨从一架运动车上落步下来，一个踉跄，几乎跌倒，他一个百米冲刺，飞身而至，将她扶住，问长问短，并对其足部进行按摩，而在我们看来也许并不需要。

问起他的薪金，他腼腆地说出了一个内地人看不上的低位数，问他是否到过大陆，他说没有，但很向往。临别我们要求与他合影，他一脸灿烂。

下榻另一宾馆用自助早餐，我喜素食，选了几味素菜，感觉有微辣，便问一旁服务生，还有否其他不辣的素菜？他指点我到另一边挑选，一会儿他转身引出一位中年男子，原来是厨师长，笑意融融的厨师长问我还有什么需要，他可以特意为我做一些。我惊愕，我只是一位普通游客，并不是什么达官显贵，他为啥要这样自讨麻烦呀！我连连摇手称谢。他们离去时，我说请等一等，我掏出相机，对准两位，咔嚓一记。

在去吃牛肉面途中，我的太阳眼镜插片的一只螺丝落掉了，一块镜片荡下来，挂在脸上不像样，取下眼镜太阳又刺眼。正踌躇，忽见对面一爿小小眼镜店，我试着走进去问问看。一位小姑娘看了看镜片，回身请出一位老师傅，老人六七十岁样，弓着腰，看了一下镜片，就翻起柜台后面一排小抽屉，东寻西觅，终于拣出一枚小螺丝，一试，正合适。我道谢，摸出钱包要付费，他连连摆手说，这是免费的。刚转身走，他又叫住我，说再检查一下，看看另一镜片有否松动。

我惭愧，刚才转身，怎么忘记"咔嚓"了。这回，我照了两张，一张是老师傅的工作照，一张是小店门面照。同行的 80 后小辈笑我：什么都要照。我说，凡美，皆入眼。美丽的笑容，完美的服务，奉嘉德懿行者，美矣！此不也可称之为"美人"么？走在路上，不由得心湖激荡浮想联翩，我问自己，他们只是做了他们认为很正常的事，可是我为什么如此感动，要如此感动呀！

苹果的赐予

　　兄弟七人齐心协力救活了一棵垂死的老苹果树。苹果树为了报答善待它的七兄弟，这年秋季每天都结出一个特别大、特别甜的苹果。苹果树说："孩子们，好好分享吧。"

　　一个大苹果要分成七份，大家都推选老大来切分苹果。老大把苹果平均分成七块，让弟兄们先拿，自己最后吃。

　　时间一长，老大觉得有点吃亏，自己花了力气可一点儿也没有多吃，就对兄弟们说，以后你们来分吧。兄弟们说，还是大哥你来分，你干事最公道。老二看出老大不高兴，就对老大说，哥，你分之前，自己先切一块尝尝吧。老大就先切了一小块含在嘴里，然后再把苹果分成七份。以后每次都这样。

　　过了几天，老二发现老大尝的那块苹果越来越大，就对哥哥说，以后我来分苹果吧。轮到老二分苹果，老三发现老二尝的苹果比老大尝的还要大，也就自告奋勇要来分苹果。轮到老三分苹果，大家都发现这家伙还要贪心，差不多自己先要尝掉四分之一了。以后老四、老五、老六都参加了分苹果，给自己先尝的那块苹果也一个比一个大。老七看在眼里不响，最后他也要求分苹果。轮到老七分苹果，他先切下了七分之一，然后把这七分之一再分成六份，递给了他的哥哥们，自己则把余下的全吃了。大伙惊呆之后大叫起来：天哪！这家伙的心怎么比煤球还要黑，胃口怎么比狮子还要大！老七笑笑，这不都跟哥哥你们学的吗？就这样，大家你怪我，我怨你，闹得不可开交。

苹果树看到这情景很难过，他说：我原本想让你们快快乐乐甜甜蜜蜜的，真没料到事情会发展成这样，好吧，我改变一下吧。从明天起，我给你们每人一个一样大小的苹果吧，省得你们再争吵了。

七兄弟听了苹果树的决策后全都大叫起来：这也太不公平了！苹果树说，你们都有恩于我，我这样对待你们不是很公平吗？老大说，我力气最大，当初救你的时候自然力气也花得最多，我当然也应该吃大一点的。老二说，我浇水浇得最多，我才应该吃大点的。老三我给你捉虫捉得最多，我最应该吃大些的。老四说，我给你培土培得最多，该吃大些的是我。老五说，是我眼睛尖第一个发现你快要死了，难道我不该吃大些的吗？老六说，最要紧的是施肥，我给你浇肥浇得最多，最有资格吃大苹果的是我。老七忙说，甭听他的！论浇肥老六根本比不上我，我每天三泡尿都撒在这里，还把狗牵来，让它拉屎拉在树底下，难道我就不该吃最大的苹果吗？

苹果树听了大家的话，想了想说："你们说得各有各的道理，也许你们之间出的力有大有小，但是你们是兄弟，兄弟之间在享受方面不该相互谦让一些吗？"七兄弟又大叫起来：什么叫谦让？我们不懂！现在我们尝到了甜头，更不愿意懂什么谦让了！苹果树看着执迷不悟的七兄弟长叹一声，说道："好吧，孩子们，我满足你们的要求，从明天起，树上的果子，你们要吃多少就吃多少，取之不尽。"第二天，七兄弟一大早都赶到苹果树下，树上已挂满了果子。兄弟们拼命地摘也摘不完。可是他们尝遍了所有的苹果，全都是苦的，最后愤怒的七兄弟把树砍倒了。

砍掉了树，兄弟们才告别了争吵。可是没过多久，大家又留恋起最初分甜苹果吃的日子来。于是兄弟们又开始埋怨和争吵：是谁最先不肯谦让？是谁最最贪心？是谁做坏了榜样？是谁叫大家尝到了苦果？

秦老师的中西文化情结

那时候，秦老师是我们这个画画圈子里颇引人注目的一位先生。其时，"革命"的火焰已渐成弱势，画画人的穿着，开始要弄出些个"个性"来。我周围大大小小，被我称之为"老师"的画画者，大多胡子拉碴，弄件旧长衫样的蓝大褂套在身上，上面溅满了各种冷暖色。只有秦老师，中规中矩始终穿着一套淡灰色的中山装，干干净净不着一点灰尘。胡子剃得精光，三七开的头发纹丝不乱且油光可鉴，像是随时准备去相亲。

秦老师画得一手漂亮的水彩画，常常一天画到晚，手上、身上，仍是干干净净，不染一点杂色。他对我说，你知道吗？只有假画家，才把颜料往身上、手上泼。

当时，他大约40来岁，并无女朋友，也并不是不招人喜欢，而是他独特的择偶标准。每谈上一个女朋友，差不多时候了，他就邀请女朋友去长乐路上那家著名的红房子西餐馆共进午餐，点菜的时候，其中必选一道汤。汤端上桌时，他就客气地对女朋友说，请用、请用。女朋友拿起了汤勺，他就进行测试。此项测试，据说淘汰率很高，不少倩女都不能幸免。现在的夫人正是力挫群芳后登基的，法宝是会喝西式汤。中国人用勺舀汤总是自外朝里舀上往嘴里灌的，而西餐用汤却是用勺自里往外，传递过程有道弧线后才往嘴里送的。

秦老师此项考核的理论基础是：该女会用西餐，懂得西方习惯，必有"不土气"的出身，家庭背景总有一定的文化，一定的层次，所谓窥一斑见全豹也。秦老师的父亲是大资本家，家境良好，想必秦老师小时候就受过此类"喝汤教养"的熏陶，故此，成年后念念不忘。

去年新春时节，在一个聚会场所，见到秦老师与其夫人晚宴后双双步入舞池。秦老师一派老年绅士模样，与妻跳了几个回合就歇脚了。而他那位年近花甲的妻子，却是青春模样，另择舞伴探戈、伦巴去了。

我问秦老师怎么不与师母共舞了，他说，笨呵，我是只会三步、四步呵！我笑着说，会喝汤的人怎么会笨呢！秦老师有些不解，我忙做了个西式舀汤的姿势，他醒悟后大笑起来。问起他的宝贝女儿，秦老师说已出去了，在国外读大学。我说将来找个洋女婿，你就称心了。想不到秦老师说，不要洋女婿，就本土的，但要有学问有教养。我忙添了一句：还要会喝汤！他又大笑起来。

人生二题

找快乐

人出世的时候，拳头捏得紧紧的。那是上帝告诉他，人生的目的是寻找一种东西，那种东西叫"快乐"。上帝给了人一只布满筛眼的篮子，上帝说你必须把它握紧，那是给你装快乐用的。上帝又告诉人，寻找快乐的途径有两条，一条路平坦些，到处都有快乐可拾，不过那都是些小快乐；另一条路上充满艰难险恶，不过倒有大快乐可得。

人们各走各的路。寻找小快乐的总是容易得到，找到了急忙往篮子里放。然而，刚放进，快乐就从筛眼里漏掉了。这样一边放，一边掉，一边掉，一边又放，欢喜伴着叹息。

寻找大快乐的，一路披荆斩棘很是辛苦，但大快乐一直在诱惑着他，这样，倒也有劲。找啊找，年复一年，终于找到一些了。但是，当大快乐还未装满篮子的时候，他发现自己已经老了，身上的力气差不多快耗完了，享受大快乐的时日已经不多了。于是，欢喜之后也有了叹息。

后来，两条道上寻找快乐的人都到了天堂里，经过上帝的点拨，他们才明白，其实他们寻找的快乐有一个共同的名字，这个名字叫希望。

笑与哭

人将离世时，流着眼泪问造物主：当我降生时，你赐予我哭，当我回归时，你又赐予我哭，为什么？

"难道你这一生，没有笑过？"造物主反问。

"当然笑过，小时候为得到一块小小的糖果笑过，读了书为不易得到的一个好分数笑过，长大了为爱人甜蜜的吻笑过，为人父母了，为婴儿第一声啼哭笑过，漫长的日子里为每一份快乐笑过。可是，我这一生中，也哭过很多次啊，为一份伤害，为一种打击，为几多失落，为几许烦恼……"人这样回答。

"那么，你有没有比较一下，在一生分分秒秒累积起来的日子里，是哭的次数多，还是笑的次数多？"造物主又问。

"那当然是笑多于哭。"人沉默了一会，把一生中所有的苦乐再一次掂量，无论是欢乐多于痛苦，还是痛苦大于欢乐，或者是等量齐观打个平手，都不能否认这一点。

"那么你该明白，无论是欢乐还是痛苦，只要一生中笑多于哭，人就会对人生有所留恋，正因为不舍，才会有临终的眼泪。没有生，何有死？没有哭，焉有笑？而降生时赐予你哭，正是为你一生中学会笑作准备。有了哭作人生的底色，以后的笑才能显现。如此，人生的两头哭是合理的。"造物主如是说。

上帝之手

　　许多年前，一个脸色苍白、身体瘦弱的小姑娘，生病在家休养一段时日后，返校读书的第一天在课桌肚里，发现了一幅画，一个梳羊角辫的小姑娘直挺挺地躺在一具棺材里。画中小姑娘衣服上的图案，使她明白，这肯定画的是她。这是她的同桌，一个顽皮的小男生的恶作剧。

　　小姑娘看到这幅画，难受地哭了起来。这惊动了她的班主任，新接这个三年级班级的一位中年男老师，听到小姑娘哭着诉说："他画我死了……"后，这位老师接过这幅画，看了一会儿，当着全班同学面，把那张画一下一下地撕成了碎末，扔到墙角的畚箕里。然后，他走到讲台前，对着全班说："你们大家都看看，谁说她要死了？她的脸色好多了，她一定会健康起来的！"再然后，她走到小男生面前，严肃地说："你不是很会画画吗？现在给你一个任务，你要为他画一张开心的画，画一张能让她笑起来的画，否则，我就不饶你。"

　　此后，这个男生课余，很努力地一张又一张地创作着。没多久，这个小姑娘就收获了一大撂，用彩色蜡笔画成的美丽图画。小姑娘同时也收获到小男孩以及全班同学浓浓的关怀。爱心与友谊，使这个经常为自己身体担心而有些自卑的小姑娘性情变得开朗起来，身体也一天好似一天。她深深地感激、爱戴她的这位老师。十年后，命运给了她机遇，她毅然选择了教师的职业，尽管那是七十年代前期，教师还戴着"臭老九"的帽子。

这是我的故事，当年的小女孩早已人到中年，成为一个老教师了。回顾多年的教师生涯，甜酸苦辣，喜怒哀乐，常常是五味俱全。然而细细地比较、掂量、回味，还是快乐多多。不说手把手教授、培养之后看得见成绩的那一份喜悦，也不说逢年过节四方汇集而来的一声声祝福带来的欢愉。其实，我感受到的最大快乐莫过于一个学生对你的信赖。因为信赖，他全身心地接纳你，会把你看成心中的上帝。你一句话，一个微笑，一个眼色，一声叹息都会对他产生影响。

前年夏天，有一个二十年前当过美术课代表的学生来看我，他带来一卷中央电视台跟踪拍摄他野外探险的录像片，还有多份报刊杂志登载他的事迹，称他为"超级游侠"的文章。我惊讶于他的变化。记忆中的他是一个十分腼腆、一说话就脸红的孩子，我问他如今怎么这么出息了？他笑嘻嘻地问我："老师还记不记得当年你对我说过的话？"见我愣着，他才告诉我。他说有一次，他交作业到办公室，我对他说，你是男孩子，一说话就脸红，胆子太小了，以后要想办法多出去旅游，多与人交往，这样胆子就会锻炼得大起来。他说他一直记着老师的话，工作后就把旅游探险当作一项事业来干了，十多年来一直乐此不疲，现在稍有成绩就来看望老师了。

一句话，带来一个学生一生的改变与追求，这是我始料未及的。这份突如其来的快乐也是我料想不到的。做教师的快乐有些是在付出中同时收获的，有些快乐却如一颗深埋于土地的种子，你手植它的时候，也许是不经意的，经过一段岁月，一旦它长成一棵大树，凸现在你面前时，你会为这成倍的快乐激动不已。

有人说，阳光下最灿烂的职业是教师。我想，那是因为教师的神圣犹如上帝。上帝的手，轻轻一点，人便轻易地改变了人生。当然，如果上帝不谨慎，也会把应该走向高处的人引入低谷，留给人终生的遗憾而无法弥补。所以"上帝"在接受人礼赞的同时，也应该时时反省自律才是。

十字街头

十字街头，一家饮食店门口的一侧，端坐着一个乞讨者。相对街头有些肤色健康、行动敏捷的乞讨者来，这个人实在不能不让目击者动容。也许是烧伤的吧，只见他衣衫褴褛，满脸伤疤扭曲得使五官变了形，歪斜着的嘴角涎着口水，而一双手已不见一个指头，只剩下两个斑痕累累的肉疙瘩。他默默地跪坐着，低垂着头，面前摆着一个破旧的搪瓷碗，当有人把硬币投进搪瓷碗发出声响时，他才抬起头来。

一个头发雪白，衣着十分寒酸相的老妈妈从钱包里颤抖着摸出两枚一元的硬币放进了搪瓷碗，看着这位老人的举动，我的心顿时一惊。当我们四目相对时，她似乎也认出了我，脸上的神色有些不自然。

就是刚才，我们俩相遇在一个鞋摊前，各人挑选需要的拖鞋。当我已付好钱时，这位老妈妈还在为手中的那双鞋讨价还价。摊主抢白她说，都像你这样还价，我要喝西北风了！老人家还是不愠不怒，耐着性子磨，指着鞋上一个不起眼的疵点让老板瞧。最后还是我帮着说了几句，老板才作了让步，10块钱找了两块给这位老妈妈。

两块钱费了好一阵口舌，实在讨得不容易，况且又挑了一双有疵点的鞋。然而现在，她却没有一点犹豫，竟把这两元钱给了那个不相识的乞讨者，没有谁强迫她这么做呵。

这不能不让我生出一些感慨来。生活的法则不是简单的加减法。但是，每个人在生活中却常常不可避免地做着这样或那样的加减法。这位老妈妈当然也有着她朴素而实在的加减法。相比那些宁愿作锦上添花而不愿作雪中送炭之举的某些大款来，这位拮据而慷慨的老妈妈真是让人刮目相看。诚然，鞋主不一定就是大款，送两元钱给乞讨者也不一定就是雪中送炭，我所感动的是，在这位看来生活比较拮据的老妈妈身上还保存着当今世界许多人早已忘却了的那份恻隐之心。

拾来的鹦鹉

　　孙老伯单身一人过。每天,他都要到离家不远的小花园里练气功。这天傍晚,刚下过一场大雨,小花园里显得十分幽静,孙老伯照例来到那颗大雪松下开始锻炼。刚立定,放松、闭眼、进入状态,孙老伯就听见树上传来一阵响声,孙老伯猜想,也许是淘气的麻雀在玩耍,随它们淘气去吧。可是这声音让孙老伯觉得越来越不对头,因为麻雀是叽叽喳喳一刻不停唱歌,不肯安静的,而这声音闷闷的、粗粗的,像是一种喘息声。

　　好奇心让孙老伯草草运气收了功,睁开眼睛,抬头朝树上望去,可是没发现什么东西。孙老伯就绕到雪松背后,只见一根树枝上,遮了一块被雨淋湿的大毛巾,毛巾下面有东西在一起一伏地扑动着。孙老伯把毛巾一掀,原来是一只鸟架,架上一只大鹦鹉已被刚才一场大雨浇得浑身上下羽毛紧缩着,鹦鹉的眼睛像喝醉了酒似的,没有一点精神,两扇翅膀还在不由自主地抖动着。

　　孙老伯很是诧异,心想这是哪个粗心的养鸟人遗落在这里的呢?孙老伯也无心练功了,他掏出手帕把鸟的羽毛擦拭了一遍,开始逗鸟叫。可是随便怎么引逗,鸟就是不开口,眼睛也渐渐闭上了。孙老伯想,坏了,可能是淋了雨,受了寒,得病了。孙老伯焦急地等了一个时辰也不见有人来领走鸟。天渐渐暗了下来,孙老伯只好拎起鸟架回了家。

到家以后，孙老伯忙开了，先是用干毛巾把鸟又擦了一遍，接下来在鸟食缸里倒了一杯温开水，又怕鸟饿了赶紧找吃的。可是家里没有鸟吃的小米，只有人吃的大米，想到集市上买，又太晚了。忽然想起，早上多买了一只芝麻大饼，还没吃。就赶紧把大饼上的芝麻一点一点刮下来，放在鸟食里。

这样伺候着忙了一会儿，才见喝过水、吃完芝麻的鸟渐渐精神起来，但仍是不开口叫唤。

孙老伯开始仔细观察这只被人丢失的鹦鹉。应该说这是一只鸟中美男子，长得十分艳丽，毛色以孔雀蓝为主，胸前是一丛明亮的火红色，头顶呈灰蓝色，额至两眼间有一条黑纹，嘴巴也是红红，泛着光泽。

看样子，鸟的主人是十分宠爱它的。这鸟架也不是普通的铁架，而是用不锈钢做成的。安置在金属架两边的水缸和食缸，是一对青花瓷缸，像是古玩店里很值钱的那种古瓷。孙老伯想，丢失了这鸟的人家，还不定怎么着急呢！赶明儿，一早还是去那棵雪松下，等等它的主人吧。

孙老伯想着，就把刚才遮住鸟架的那块大毛巾晾了起来。可是抖开毛巾，竟发现，毛巾上用胶水粘了一张小纸条，纸上有用电脑打出来的两行字："我是一只可怜的鸟，谢谢你好心收留我，我喜欢吃葵花子、花生、芝麻，还有蛋黄，不喜欢吃小米。"

孙老伯惊得张大了嘴巴，半天没合拢。鹦鹉再聪明也不会用电脑打字啊！这当然是人干的。可是，它的主人为什么要把它遗弃呢？孙老伯一个晚上躺在床上翻来覆去都在想这件事。

第二天，孙老伯一早就提着鸟架到了小花园里，来到那棵雪松下。孙老伯把这见奇事告诉了周围锻炼的人。大家七嘴八舌猜了一阵又说，既然这只鸟与你有缘，那你就好生养着玩玩解解闷吧。以后连着几天，孙老伯都提着鸟架一天几次跑到小花园里，想找找这只鹦鹉的主人，可是，都没有人来认它。孙老伯渐渐死了心。开始以收养弃婴般的心情怜爱这只小生灵了。

只是，面对那张纸条上的字，孙老伯觉得有些好笑：不喜欢吃小米，可是你落户到了我这个穷老头家里，还得以小米为主食呀！

刚开始这个"弃儿"还摆阔少爷的架子，不肯吃小米。后来它见食缸里只有小米，肚子大概也确实饿了，才不情愿地啄上几粒。孙老伯拍了拍它的翅膀说：你既然到了我家，就是我的孩子了，我是个退休工人，又是个孤老头，退休金也不多，只能省着点用，你现在成了穷人家的孩子，可不能娇惯、任性、挑食，这样你会饿死的。当然，如果你听话、乖，我也会犒劳你一点好吃的，明白吗？鸟眨了眨眼睛像是听懂了孙老伯的话。渐渐地，它不再挑剔了，开始有滋有味地吃起小米来了。

养了大约一个月，孙老伯不断地逗它开口。可是它除了吃食喝水之外，嘴巴始终紧闭着不发一点声音，更别说开口学舌了。孙老伯渐渐悟出，也许是它的主人，养了几年，发现它只是个漂亮的哑巴，才丢弃的吧。孙老伯想，哑巴就哑巴吧，谁叫我碰到了呢！

中秋节到了。居委会干部提着一盒月饼，来看孙老伯。居委会干部走时，拿出一个装有慰问金的信封递给孙老伯，孙老伯连连道谢，几声谢谢刚说完，就听见头顶上又传来了一阵：谢谢！谢谢！走好！走好！孙老伯抬头一望，只见，挂在竹竿上的那只鹦鹉嘴巴正一张一合呢！

原来正是他的"儿子"在学舌呢！谁说它是个哑巴？孙老伯大喜过望，取下鸟架，奖励了它一只蛋黄，又教它学舌说：你好你好！可这只鹦鹉像是千年难得开金口般，再也不肯出声了。孙老伯只好笑了笑随它去。可是当孙老伯取出信封里的慰问金时，这只鸟又开口了："太少了，小气鬼！太少了，小气鬼！"真是奇了！孙老伯认定这是个"鬼精灵"，忙抚着它的羽毛说，不少了，我们要谢谢人家，知道吗？说一遍，知道了，好吗？可是它又不开口了。

此后，孙老伯的"宝贝儿子"又变哑巴了。重阳节到了。这天下午三点钟后，两个少先队员在居委干部的带领下，跳跳蹦蹦来到孙老伯家。少先队员说，今天是重阳敬老节，学校与居委会联系组织敬老活动，他俩被安排到孤老孙老伯家，有搞卫生的事情就帮着搞卫生，没事情干就陪老人家说说话，或者表演节目给老人欣赏。

孙老伯刚把俩孩子让进房间，梁上的鹦鹉突然扑棱着翅膀冲着孩子叫了起来："小宝，你好！小宝，你怎么啦？"俩孩子顿时愣住了。一个孩子拉了拉另一个孩子手，惊奇地说："小宝，这不是你家的蓝哥吗？它怎么会到这儿来了？"小宝醒悟过来，忙扑到鸟架前，情不自禁叫着："蓝哥蓝哥，我的好宝贝！"那只鹦鹉听到小宝的呼喊，又叫了起来："小宝，你的成绩好吗？小宝，你洗过澡了吗？小宝，你当官了吗？再不进步，当心爸爸揍你！"听到鹦鹉这一声声接连不断的呼喊、问候，小宝突然一下子抽抽搭搭哭了起来。

孙老伯被眼前的景象一下子弄得目瞪口呆，好半天才回过神来。拍着小宝的肩头说："孩子，别哭别哭，是不是爸爸妈妈怕你养鸟耽误了学习，不许你再养了，你才偷偷地把它送到小花园里了？没关系，看你这么喜欢，赶明儿，我再替你去和爸爸妈妈说说看好不好？"

谁知小宝听了孙老伯的话，竟号啕大哭起来，怎么也劝不停。问他为什么，一句也不肯说，让他把鸟带回家去，他竟哭着跑出了屋。

第二天，孙老伯还在寻思，这事真有点蹊跷，是不是应该去小学校里找找这个小宝呢？孙老伯正寻思着，就听见有人在敲门。开了门，来人正是小宝的班主任，一位面目慈善的中年女教师。女教师坐定下来慢慢地把小宝家里的情况告诉了孙老伯。

原来，这只鹦鹉确实是小宝家的，是小宝爸爸的宠物。

两个月前，小宝的爸爸因犯受贿罪被判了刑，关进了监狱。小宝爸爸原是一个大单位里负责工程项目的头头，手里掌握实权，所以经常有人上门送礼送钱，求他办事。时间一长，连养着的鹦鹉也能鉴貌辨色。看到有人提着大包小包上门就殷勤呼叫，见有人空手上门就不理不睬。小宝爸爸东窗事发也是因为这只鹦鹉，有人向上级单位反映，连小宝家的鹦鹉也能敛财，也懂得人民币面额的大小。后来有人上门去试了一下，来人将信封里的一张十元钱的人民币抽出来放到鹦鹉面前，它眼皮也不提，一副无动于衷的样子，再换了一张百元大钞，它竟一下子精神起来，飞下地，将嘴巴张开，紧紧咬住不放松。

小宝爸爸被抓走之后，小宝妈妈十分讨厌这只鹦鹉。有一天小宝舅舅上门来看小宝。小宝妈问舅舅这只鹦鹉要不要，小宝舅舅说，这是祸害，我可不敢要。小宝妈妈就狠狠地说，把它扔到河里去算了。小宝平时与这只鹦鹉感情很深，生怕妈妈真的弄死它，才想出了这么一个办法。

　　原来如此！小宝的老师说，这孩子二个月前转学到这里，同学们都不知道他家里的情况，是小宝把老师当妈妈才告诉她的。老师还说，这孩子为他爸爸的事，心事很重，心里也有疙瘩，如果孙老伯能够和小宝多接触，多引导他，让孩子有空也来多陪陪老人家，一老一少结成忘年交，这样该有多好！

　　孙老伯欣然接受了老师的建议。这样，小宝就成了孙老伯家的常客。这祖孙俩在一起有说有笑，他们一起饲养着这只鹦鹉，又教了鹦鹉许多新鲜的话。

　　又过了一段日子，在一个阳光明媚的星期天，这一老一少来到一个神秘的地方，也是小宝梦中常常出现的地方。铃声一响，小宝可以拿起话筒和爸爸对话了。小宝说，爸爸我让蓝哥也和你说几句吧。蓝哥就对着话筒叫了起来："好好改造！重新做人！我们等你！好好改造！重新做人！我们等你！"一遍又一遍，不停地叫着。

　　小宝、孙老伯和蓝哥隔着明亮的大玻璃，看到了小宝的爸爸热泪盈眶。

物也有命

复活的香云纱

这件黑色短袖旗袍，从我懂事起，就知道妈妈对之十分珍爱，妈妈常常会把这件半新不旧的旗袍从箱子里拿出来看看，见见光，叹了口气，又放进去。她说，这旗袍是用香云纱做的，这种衣料是很贵的。它的好处是，滑爽挺括不起皱，做成衣服，夏天穿在身上出了汗不贴皮肤，特别穿到旧时，更是凉爽透气。妈妈叹气的原因有二：一是五十年代初，她当姑娘时，心心念念化了大价钱做成的这件时髦衣裳，穿了几年正入佳境时，却因结婚生育后人发福，穿不下了，二是到了六十年代人变瘦可以穿了，可已经不作兴穿了，为什么呢？六十年代大街小巷里见谁穿旗袍？更别提香云纱！电影里看到的穿对襟短衫香云纱的男人，不是地主就是流氓，而着香云纱旗袍的女人也多是资产阶级阔太太姨奶奶，总之都是无产阶级憎恨的角色。

到了文革，妈妈觉得这件属"封资修"的香云纱旗袍难免会遭不测，就把它藏在一个枕头芯子里，直到改革开放后才放它出来。妈妈见我身材瘦长，对我说，送给你吧。我说，送给我也穿不出来，还是放在箱子里，作纪念最好。

可是到了八十年代初，这件旗袍还是上了我的身。那年暑假，我为学校新建的大礼堂画壁画，我怕颜料沾衣，不舍的穿平常衣裳，只得将一件厚卡其布且打了补丁的工作衣裹上身。礼堂里既无空调也无电扇，高温下，我穿着笨重的长大褂，挥着画笔，爬上蹲下，常常汗流浃背。一天下来，精疲力竭。妈妈知道后，便取出那件香云纱旗袍让我当工作衣穿，并说了它诸多好处：一是风凉透气，二是不容易沾上墨汁颜料，即使沾上了，也容易洗掉，三是洗了干得快，晚上洗了，早上就能穿。我怕招来怪异目光，不肯穿。母亲发怒：不怕中暑，倒怕难为情？你早上早点出门，晚上晚点回来，走在路上，不要朝别人看，谁会把你抓起来？我只得从命。

这样，此后一段时间里，早上、晚上六七点钟之间，从我家到学校的一条路上，就有人看到一个戴眼镜的瘦姑娘，身着一件半新不旧的香云纱旗袍，目不斜视，疾步如飞。事实证明，母亲的话是对的。多亏了这件凉爽透气的旗袍，帮了我的大忙。才使体弱的我，在那段辛苦日子里，身体并无大碍。只是壁画画完，这件香云纱旗袍也完成了使命，被我当"古董"收藏起来。一直以来也没派上用场，也再无勇气穿上它招摇过市。据说从九十年代末开始，香云纱老树开新花，渐渐成了服装模特身上最时尚最前卫的元素。只是民间还未流行开来，怕是与香云纱制作工艺繁复，人工成本高有关吧。

去年夏天，我病着，热不得，冷不得，空调也不适。忽然间想起了这件"老古董"，于是找出来穿上身，躺在竹椅上，捧杯清茶，摇着蒲扇，聊度苦夏。八十多岁的母亲来看我，见到这身打扮，不问病情，反倒满脸惊喜：怎么你还留着它？然后，老人家摸摸这件香云纱，轻叹一声：物也有命啊！

不朽的丫杈

阳台角落处，静静地立着一根丫杈，它不漂亮，土不拉叽，黑不溜秋，周身都是疤眼。它也不周正，正规的丫杈，顶端一捺一撇是对称的，而它呢，一撇斜点，细点；一捺直点，粗点，丫干也不算直，像个有点驼背的人。因为它特立独行的面目与周围环境一点儿不协调，故每有客人上门，若发现它，便会好奇地向它行注目礼。

它虽丑陋，但却有寿。记得二十多年前，老房子拆迁了，一个热热闹闹的大家庭分成了若干个小家庭。大家怀着既惋惜又兴奋的心情，整理零零总总的大小物件，放在车上，准备搬往新家，只是满园花草树木搬不走，教人无奈。这时母亲从园子里的一颗老桑树上随手掰下一根树枝递给我，"把它当丫杈吧，过日子用得着的"。

就这样，这个"丑丫头"跟随我们到了新家。开始用它时，它有点犟头犟脑不听话。用着用着，慢慢掌握了它的脾性，渐渐顺手了，也发现了它结实耐用的好处。二十多年来，我们搬了几次家，它像旧时的陪嫁丫头般始终相随，并恪守尽责。而我们呢，也早已把它当成日常生活中一个亲密的伙伴了。晴天雨天、晾衣服、收衣服、竹竿撑上放下，衣架挂上取下，常借助它，得心应手。

最初几年，它也曾几度险遭下岗的危险。一是刚开始用不顺手时，曾想丢弃它，只是一时没觅到如意的，才继续留用它。二是一位手巧的熟人见到它的尊容后，随即便制作了一副不锈钢的杈头送上门。但因为要自己安装把杆有点怕麻烦，也就搁之一旁再说吧。三是一次活动抽奖时，竟然抽到了一件可伸缩调节高度的丫杈——轻巧、漂亮、方便，令人喜出望外！但犹豫了一会儿最终还是送了人。怕的是，有了这新的好的，原先那丑丫头可就真的成了废物了。

我的一个女同学，因为医疗事故，不幸生下个眼睛有残疾的孩子，按政策，可以再生第二胎，可她放弃了。她说她怕有了健全的孩子，格外喜欢，将来会冷落这个残疾孩子。我曾诧异她怎会有如此想法，可联想到我最后对这根丫杈的态度，不也是这样吗？人都难免有喜新厌旧的习性，有时面对诱惑，是怕把握不住自己才闭眼转身的。因恋旧而宁肯抱残守缺，这好不好也很难说，但这种态度终究是感情的力量所致。对一截枯木而言，正是人的一份爱惜之情，才成就了它不朽之身。而这根丫杈的母体呢？当初华盖成荫、果实累累，那么健壮蓬勃的生命呢，早已腐朽成泥了。

误成学问

　　江苏吴县有个村庄，因前代多出文豪学士的缘故，沿袭下来到了明朝晚期，这地方的读书风气仍是十分浓厚。不用说咬文嚼字的读书人家，就是一般小户农家，放下锄头，也能捧起书本，识得几个字。

　　村庄里有户史姓人家，主人史先生博学多闻，村里人称呼史秀才。史先生早年参加科考，屡试不爽，对自己灰了心后，就把心思放到了教授扶持后代上。

　　史秀才生有两个儿子，俩人相差一岁，自小都很聪明伶俐，三四岁时，在父亲的教诲下，就能把个《三字经》、《千家诗》等背个滚瓜烂熟。

　　俩孩子渐渐长大，到了 10 岁左右，俩人的距离就拉大了。一个聪明勤奋依旧，一个却疏懒成性不思上进。

　　问题出在小儿与史夫人身上。小儿 8 岁时生了一场大病，病好后，史夫人怜惜儿子体弱，生怕多读书会伤身体，因此，史秀才每每敦促小儿读书时，夫人便极力阻拦，并时时把好菜好饭省给小儿吃，玩也由着他玩。在母亲的溺爱下，小儿渐渐地再也不愿拿起书本，变成一个好吃懒做，东游西荡不务正业的浪荡子。史夫人再后悔也来不及了。

　　史秀才见自己的话不起作用，心痛之后也就断了改造小儿的念头，把精力全部放到大儿身上。

大儿到了 20 岁，第一次参加乡试就中了个举人。中了举人后，家里来来往往的人多了。一有客人来访，史秀才总要撵小儿出门，或让他躲在内屋，不许出来会客，免得客人问起露乖出丑。

有一天，邻县有几个饱学之士来访。史家设宴招待。小儿照例又被家人撵到另屋躲藏起来。

席间，史举人与众学士谈诗论文，史秀才也陪坐，很是热闹。

躲在里屋的小儿听隔壁兄长与客人吃吃喝喝高谈阔论，煞是热闹，不禁心痒难忍，冷不防从里屋一下子撺到客堂，对客人说："诸位大爷，都说你们有学问，我且来考考你们，有一道题，看谁能答得出……"

他父亲及兄长见草包突然出来，要阻挡已来不及，只得将小儿向大家介绍。众客人忙站起，客气地请小儿指教。小儿咧了咧嘴说道："老子生子十三，七个在齐，五个在魏，还有一个在哪里？"

众人想了想，倒是听说前贤老子生有十多个儿子，有些在齐国，有些在魏国，但实在不知道这样详细，大家面面相觑，都有难色，即把脸转向史举人，大公子想了半刻也回答不出，又把脸转向父亲，史秀才也愣住了。

众人见状忙向史秀才贺喜道：深海藏蛟龙，想不到二公子的学问比大公子还要好！史秀才一时哭笑不得，不知如何应答才好。众人忙又端起酒杯向小儿敬酒：愿听公子指教。小儿偏着头只管趁机喝酒吃菜，也不作答。吃了一会，嘴巴一抹，吐出一句：你们慢慢猜吧。

客人走后，史秀才父子俩忙问小儿，你是从哪里听来的？小儿撇了撇嘴说："什么听来的，自己做的事还不知么？我看你们读书读昏了头，自己家里的事倒忘得一干二净。上个月我家一头老母猪，生了十三只小猪，七只被前村姓齐的那家买走了，五只被后村姓魏的那家买去了，还有一只被我弄着玩摔死了，趁你们不注意时，我把它扔到屋后大粪坑里了，你们怎么能知道它在哪里呢！"

父子俩听罢浪荡子这一番话，不禁厥倒，他们怎会料到，所谓老子即老猪啊！

却不料，这件事后，史家二公子的学问很是了得，竟在远近传了开来。这倒叫史秀才啼笑皆非了，史秀才是个爱面子的人，很怕浪荡小儿的那段对话有朝一日被人盘问了拆穿西洋镜，越加难堪。思来想去，只有把小儿锁在屋里，不许出门才妥当。

　　史家人将小儿锁在一间藏书屋内。饭菜每天端给他吃，想要玩，就把蛐蛐罐儿、小鸟笼子全都捧进屋，由着他玩，就是不许他接触外人。关了一段时间，见小儿不再吵着要出来，一家人倒也省了心。

　　有一天，史秀才偶尔想起小儿，踏进那间屋，只见小儿倚在床上，正捧着本书，神情十分专注。史秀才有些惊奇，走近了，小儿也浑然不觉。史秀才夺过书一看，却是孔子的《论语》。这真让史秀才又惊又喜，忙问小儿怎么想起读书的。

　　小儿说，成天关在屋里，没什么好玩的，只有读书罢了。史秀才再仔细一打量，屋里蛐蛐鸟儿都无了踪影，倒是成捆成捆的书被弄散了。

　　原来小儿关在屋里，玩鸟玩蛐蛐玩够了很觉无趣，想起父亲、哥哥说起书上真有什么"老子儿子"的事，就翻开了捆着的书，靠小时识得些字，摸索着想找找看，解解闷。就这样把书一本本翻开，看看玩玩，玩玩看看，想不到竟渐渐地读上了瘾。由不自觉到自觉，浪荡小儿关在屋内，潜心读了几年后，终于出落成一个满腹诗书的人了。

　　不过，这位二公子倒是没有急于走兄长的路——去参加科考。他读了书，觉得书上的学问毕竟有限，于是背起行囊，云游四方，去寻找书本外的知识了。多年后，这位公子终于成了一位专门研究史学的大学者，声名远远超过了他的兄长。

悟　性

　　老张退休后待在家里，觉得日子变得没有内容了，人像浮在空中，一点不踏实。想了又想老张终于听从家人劝告，决定出去活动活动。老张选择了社区老年大学开设的书画学习班，因为听说练习书画可以修身养性，容易长寿，另则书画研习颇费工夫，正可安慰退下来无所事事的长久寂寞。

　　初始，老张临摹几块石头、几丛树叶、几间茅屋，还蛮像样子。但随着进度加深，要搞创作完成整幅画，难度来了。老张与同学中进步最快的老李就拉开了一大截距离。见老张有些心急，皱着眉头把画坏的宣纸揉得一团又一团，老师教导说，画画除了多练外还要多思考，更要有悟性。老师让老李有空时多启发启发老张。

　　老李也很热心，常常诲人不倦。但是有一次，老师下课前点评各位的作业时，老师还没有注意到，老李的眼却特别尖，指着老张挂在黑板上的作业说：不对不对，月亮画错了，缺口朝右上，那是西半球的美国人才能看得到的，我们中国人的视野里是看不到的，你画的又是中国山水……此言一出，大家笑了起来，老师表扬了老李，说他观察仔细，却让老张好生尴尬。老张有些恼羞成怒，心想你一个工人出身的，也太张狂了，我退休前好歹也是有点身份的，你一点面子也不给我留……此后老张渐渐疏远了老李。老李也识相，不再对老张的画指三道四了。

　　学期结束前的一个星期天，老师让学员们把以往较好的作业布置在社区学校走廊里，搞一个小小的展览。老张在家里翻来翻去，自己也觉得实在找不出几张像样的可展览。正烦着，小孙子来了，老张也就懒得去社区，开始陪孙子下棋玩。下完棋，连赢几局的老张刚才的不快一扫而光。老张要带孙子去看电影，孙子摆摆手说，我要去同学家练小号了。老张问：练小号，在家里也好练，为啥还要到同学家？小学三年级的孙子说，这个同学比我吹得好，我要请教他，让他好好教教我。老张又问，你这个同学是干部吗？孙子说不是，就是普通同学。老张笑了，点着孙子的额头：你呀，你一个大队长还要别人来教你，不懂得难为情！孙子说，这叫不耻下问虚心求教，有啥难为情，人人都有长处和短处，取长补短才会进步，爷爷不懂这个道理吗？

　　老张被孙子说得一愣一愣，继而脸庞开始发热变烫。孙子走后，老张赶紧往社区学校跑，他要找老李，推心置腹聊一聊。

闲读板桥有风来

炎夏，热得睡不着觉，打开书橱，无所用心地翻来翻去，不知取哪一本好。一不小心，一本书夺橱而出，跌入脚前，躬身拾起，一看书名：《郑板桥集》。就这本吧，随便翻翻。

书是买了好几年，看中的书买来束之高阁，像叶公喜欢龙一样。这回是板桥老人耐不住寂寞，跑出来问道："为何至今不来访我？"

过去读绘画史，知道"扬州八怪"的怪主要是在艺术表现上打破前人所谓的正宗，有自己的面孔，也知道板桥的诗书画"三绝"中尤其是书法的出格。但对"三绝"中的诗文，除了读过一些题画句外，还未全面拜读。

集子含诗、词、小唱、家书，补遗六辑。浓缩在二百多页内，倒也符合老先生"削尽繁冗留清瘦"的原则。翻开书，画像上是一个清癯面善的老者，长相上看不出"怪"在哪里，随意挑了两篇，倒真能读出些"怪"来。

一封是板桥写给弟弟的信，要他弟弟教育小孩（板桥五十二岁得的一子）须长其忠厚之情，驱使残忍之性。不要用线扎蜻蜓、螃蟹玩，不当心会弄死它们的，一蚁一虫也是生命。

另一文是集子中附了板桥同时代的法坤宏先生的一段札记。有一天法先生在朋友间做客，席间坐着商人，言及板桥，法先生问，此人怎样？众商贾说了一件事。"丙寅丁卯间，岁连歉，人相食，斗粟值钱千百。令大兴工役，修城凿池，招徕远近饥民，就食赴工；籍邑中大户，开厂煮粥，轮饲之，尽封积粟之家，责其平粜。讼事则右窭子而左富商。监生以事上谒，辄庭见，据案大骂：驮钱驴有何陈乞，此岂不足君所乎！命皂卒脱其帽，足蹴之，或捽头黥面驱之出……"读到这里，我已笑出来。两书一对照，一个是不忍杀一虫的仁爱长者，一个是骂人驴，揪人脑袋，刺人脸面的官府大人。可是这两笔，不也正如同那面目鲜明又独具魅力的"六分半"书么？由此又想起板桥那句"难得糊涂"来，会心一笑，老人家确实没得着多少"糊涂"，清醒得很呢。

可是"八怪"之中，人们又何以特别推崇郑板桥呢？过去，对此有些疑惑，读了他的诗文后，对他享有"怪中之怪"之誉才悟出些道理来。他的怪主要还是在于政治行为的出格。试想，一个封建时代的官僚，不去维护本阶级的利益，在位上不趁机捞好处，不去巴结有钱有势之人，却时时处处为穷苦百姓鸣冤叫屈，并身体力行，不惜丢掉乌纱帽。做人做到这个份上，在那个时代是要被视为"特怪"的。"怪"是妖祟、异类，不是好词。再想想，即便是在今日，板桥的行为可能也要被有些戴"乌纱帽"的视为异类，或斥为"叛徒""疯子"的。然而老百姓喜欢这样的"怪"，老百姓为板桥建祠立位，宣传他的好处。这就难怪同样为文人推崇的、学问画艺不亚于板桥的金农在民间的名气就及不上板桥了。也难怪板桥"狂"得看轻王维赵子昂，称之为"不过唐宋间二画师耳"，"试看其平生诗文，可曾一句道着民间痛痒？"这句话也为他的狂作了注脚。

读读文章再看看画，自会品出板桥笔下的石头为何奇倔突立，竹竿为何多筋骨，少丰腴，竹叶又为何笔笔分明。掩卷沉思，尽管板桥的画"多直露，少含蓄"，但几百年来还是有那么多雅人、俗人都偏爱他的竹子。这全是因为他把自己这个"人"字写得出众的缘故啊！

闲读书，有所悟总是意外之喜。几天来徜徉在板桥的文字里，仿佛躲在竹荫下，有风阵阵吹来，周围渐渐少了暑气，心也清凉起来。过去读直版繁体字觉得累，现因看文章的痛快淋漓，有滋有味，倒不觉其累了。读毕板桥，我又有兴致捧起同样竖版繁体的《徐渭文集》来，那有多册，也是放置了多年的。这份兴趣还来自板桥文中对徐文长的颇不一般的看重。

修鞋匠的规矩

　　在我买菜常要经过的一条小街上，有一个看上去年纪约六十左右，操外乡口音的修鞋匠，他的摊子显得比其他摊子的生意要好些，没生意时，也常有一两个人围着，陪他闲聊。

　　我的一只鞋子脱胶了去找他。闲谈时，知道他的儿子考进了我们这儿一所大学，他也跟着来了好几年，修鞋是慢慢琢磨着学会的。他说，孩子读书读得很好，有奖学金，寒暑假打工还挣些钱，但开销还是很大。他的家乡穷，他只好跑出来想法赚点钱帮衬着儿子。一个月做下来去掉本钱，大概可以有五百元左右的收入。我问他是否还会其他手艺，旁边的人代他回答：人家本事蛮多的，修拉链、修雨伞，什么都会弄，你有什么东西坏了，尽管找他好了。我想起自己一件衣服的拉链搭扣掉了，还有一把伞也坏了，就赶紧回家，找出，拿过来。

　　大约化了三刻钟时间，几样东西都修好了，我问他多少钱，他算了算说四元五角，我取出一张五元票递给他。正此时，一把伞顶不小心碰翻了没盖严实的一只胶水瓶，胶水缓缓流了出来。他赶紧扶起瓶子，又找出一把锥子，埋下头去小心翼翼地一点一点挑起来。我说只翻了一点，算了吧。他心疼地说，这种胶水很贵的。

　　我寻思是自己的伞惹的祸，就从包里摸出一元硬币递给他，算是补偿。谁知，他用那只又粗糙又脏的手挡住我坚决不肯收。他说瓶子是他自己弄翻的，怎能要我的钱！我只好抱歉地离开，刚转身走，他又叫住我，从口袋里摸出一把角子，数了五只一角币递给我说，你刚才给了我五元，找还你五角。我忙说算了算了。他有点急了，极力把角子塞给我，一面求救似地望着周围的人说，你问问他们看，我从来不多收别人的钱，是多少钱就是多少钱，实事求是，这是我的规矩！旁边的人忙笑着点头：是的，是的，他修东西，价钱最公道，干活还仔细，像他这样的老实人很难得啦！

我很感慨，只好收起角子准备走，可是又被他叫住了，问我搁在他身上的几张报纸还要不要，那是我怕他的脏围裙弄脏我的衣服，特地带来让他垫在围裙上的。听我说旧报纸没用了，他就兴致勃勃地看了起来。突然，只听他放大音量十分惊奇地叫了起来：咦，这个抓起来的人还是我们家乡的人哩！我一看是一条醒目的大标题，内容是某贫困地区某个官员贪污腐化被检察机关收审。

走在路上，我一直在想，这个修鞋匠可真有意思：诚实、本分、自尊，也关心国家大事。干一份小活，却不失一个生意人应有的长远目光。试想，如果他多收一点钱，贪心一点，那么，他的生意会比别人好吗？会有不相干的人为他义务作宣传吗？而他的规矩，也让人感佩他满身尘土的外衣里竟裹着物欲世界里难得的一份清洁与卫生。

一个谜

对于家栋，我存着一个谜。

那时我很年轻，家栋也不老。他的单人宿舍是我们一些教师常光顾的地方。我们和学生一样佩服他书教得好，也欣赏他为人厚道重情义。常常是他沏一壶茶，搁一盘瓜子，我们围着小方桌，谈古论今，也听他抖肚里的货，他书读得多。他乡下亲戚常上门，托他办这办那，一来，他总是招待吃喝，临走还送上一点此地特产。这样，他的开销就大了。老教师们劝他存几个钱，好娶媳妇成个家。他说，人活世上，就是要讲究个脸面，乡下亲戚穷，总要接济一点的，否则他这个城里人白当了。所以他的工资总是月头拿，月底光。存不了钱，就一直打光棍。

我的画室在他隔壁，有时他会来看我画画，有一天快下班时，他来到我这儿转了几个圈子，终于有些迟疑地问我，今天工资拿了吗？能否借给他一点。我奇怪，今天正好发工资，怎么要借钱呢？他说，今天老家的堂叔带孙子来这儿看病住院，他把一个月工资全给了他们。我正好工资还在兜里，就全给了他。他说，你要紧吗？我说，这个月工资就不交给我妈妈了。第二个月发工资那天，他找到我不好意思地说，先还你一半，另一半下个月还行不行？我知道他还是紧，我说不急，等你手头宽些了再还吧，反正我不急用。再到了下个月，他乡下又有人来了。他红着脸说，还是只能先还你一半了。我推开，让他别放在心上，以后再还不迟。过了几个月，他凑齐了数，听说是又向其他同事借了点，执意还我。我忽地改变了主意，我说，家栋，不要还了，就算你是我大哥，我帮着你一点行吗？他再三要还，我再三推辞，最后总算依了我。大约过了一年，他又提起要把钱还我，我说不是讲好别还了，再这样我可要生气了，这样说了，他才罢休。

过了几年，我调了单位，听说他不久也换了学校，并当了教导主任，还成了家，我真为他高兴。

五年前，我的一位也当了教师的学生，因为买了婚房，离家远，想换一所离家近一点的学校。我一下子想到家栋的学校正好在她新家附近。我对学生打了包票，况且这个姑娘人品业务样样好。

我还是分别多年后第一次打电话给家栋，求他帮个忙。家栋迟疑了一下回答我说，这门学科的老师目前不需要，以后再候机会吧。可是想不到，我的学生后来找到该校的校长，校长竟一口答应，说正好他们很需要这门课的老师。我有些糊涂了，或者学校人事安排方面比较复杂吧？我对自己和学生这样解释。

去年，在一个图书博览会上，我突然见到了家栋，远远地在人群里，手里捧着一堆书，模样没怎么改变，只是有了白发。我兴奋地向他挥手：家栋！家栋！他抬头向我望了望，有些惊讶，忽地转身淹没在人群中，我追去，哪里还找得到！

我真的气恼了，回家一路上都在想，为什么他躲着我，这人怎么会这样！到了家门口，钥匙也找不到，我气咻咻把一袋书扔地上，邻家阿奶邀我去她家坐一会，阿奶瞅着我的脸说我气色不好。我终于忍不住把前前后后告诉阿奶，我说当初送了他一个月工资，我还骗我妈说工资丢了呢，现在倒成仇人了……

九十岁的阿奶说，我也不识字，我过去听人讲过这样一个故事：有个老头择女婿，两个品貌家境差不多的年轻人同时求婚，一个曾救过老头的命，一个正好被老头救起过。你猜老头选了谁？猜不到吧，最后老头选了那个被他救起过的年轻人。

为什么？我问。为什么？你好好想想，你是作家写文章的呀，你应该懂得人性啊，像他这样一个人，他当初还你钱，你就应该收下来，你执意要送给他，就害了他……

阿奶望着我：好好琢磨琢磨吧。

是的，阿奶，所谓作家，懂的东西实在也是有限的，我是要琢磨琢磨。

一根筋

我在小区绿地散步，不远处有个红脸膛汉子也在散步。后来，他慢慢走了过来，相遇时，大家彼此传递了一下微笑。记得，和老包就是这样认识的。

老包是淮南人，小儿子大学毕业留在上海，成家立业。其他子女仍在老家。老包两口子常往返于上海与安徽。

真没想到，老包健谈啊！老包上过高中，当过农技员，平时又喜欢看书读报，所以，无论是宏观的国家大事，还是微观的鸡毛蒜皮，老包都能聊，且都有自己的见解，有时还会与人争得红脸变紫。

主妇们看重他的特长，讨教有关蔬菜与农药的问题。老包就农药的品类、蔬菜的品质一一作答，往往还举一反三，有所引申。老包说，"那卷心菜呀，看起来干净，其实农药上得不少；那苦瓜呀，满脸疙瘩，可是不上农药，最卫生……跟人一样，表面光鲜的，里面不见得干净；长相难看的，不见得品质不好……"

有一次，大家讨论山芋的品种和吃口，老包认为他家乡的山芋特别好吃，有人笑他痢痢头儿子自家的好！过了几天，老包竟拎来一袋山芋，见人发两个，说是特地叫老乡捎来的，让大伙尝尝看！

大家发现老包蛮认死理的，有人就称他"一根筋"。一段时间不见老包，某天见到了，人们打招呼：老包，回乡下去啦！老包更正道：我们是镇上，不是乡下！以后每当有人脱口而出称老包的家乡为"乡下"时，老包便像农技员发现害虫一样，盯着不放。我见老包也累，就向他解释：上海人讲乡下，也就是故乡的意思，你不必太在意呀！后来大伙也改了，招呼为：老包，老家回来啦！

老包的妻子挺能干，挺崇拜肚子里有货的丈夫，家里大小事都不让老包操心，这就给老包提供了操心其他事的空间。去年某日，小区门口黑板上写着一则告示，意思是让年满八十周岁的老人，重阳节那天，带着户口簿到居委会领取一份礼物，过时作自动放弃。老包对此告示有诸多疑惑，归纳有几点：一，八十多岁属高龄老人，或有身体不适腿脚不便，为什么居委会不能联系好主动上门？二，为什么不可请家人或邻居代劳？三，为什么送爱心要如此居高临下又不考虑老人方便与否？四，过时作自动放弃的这些礼品最后怎么处理？……这次，老包的质疑，颇得众人呼应，没人与他争辩。

今年春上，几场大雪把小区里的一些树都压弯了。一日黄昏，听到外面一片"啪啪啪"的声音，只见一人舞着一根竹竿，正在掀树上的积雪，再一看，正是红脸膛的老包！我心一热，也有惭愧，我们和老包，谁是外乡人呢？不一会，在老包的感召下，除雪的人多了起来，有掀树上的，也有铲地上的。

前不久，弄堂口有居委干部手执捐款箱，募捐赈灾，大家或多或少都捐了，唯老包避开，老包说，他不想在此地捐，他有些不放心。大伙说：老包你这就多虑了！谁敢挪用赈灾款？那是要杀头的！然而老包终究不听劝，自己上邮局邮了 148 元 6 角到四川，为何是这个数呢？老包说这是他一个月养老金的百分之二十。他对邮局里的经办员也这么解释。捐款人的红榜在小区里张贴了出来，上面自然没有老包的名字，可是知根知底的人，谁会看轻这个"一根筋"的老包呢！

一句话

　　这是一辆小型公交车，我踏进车厢就听到两个妇人的争吵声。甲妇坐在末排五连座上，乙妇坐在中排双人座上。两人旁边都坐着她们各自背书包的小孩。两人唇枪舌剑，各不相让。

　　听了一会，才听出了两人吵骂的缘由是为了一个座位。车子靠了站，甲妇与乙妇的儿子同时先挤上了车，两人都朝空着的末排座位奔去。甲妇自己坐下后却不让乙妇的儿子坐身旁的空位。等乙妇上了车，发现先上车的儿子站着，后上车的甲妇儿子却坐下了他母亲预留的位子。于是乙妇不满，争吵开始。

　　在乙妇兼骂兼诉的声音中，后来的乘客不难明白，事情是这样的。看到现在已经坐上了乘椅的乙妇母子，也知道，两人的争吵已持续了几站路。相骂继续升级。人身攻击，污言秽语，花样百出，车厢里一片混浊之气。沉默的听众终于忍不住开始了劝说。"好了好了，不要吵了，吵到现在也不晓得吃力哦！""好了好了，大家都少说一句。""好了好了，你就让让，再说你们也已经坐到了位子。""好了好了，大家都有小孩的，对小孩影响多不好！"……然而，相骂依旧。乙妇更是拔直喉咙，不依不饶一句句重复着："不要脸！抢座位，一个人抢两个座位，不要脸……"

　　此刻，我也忍不住了，提高嗓音，说了一句："不要骂了，一个人抢两个座位肯定是不对的!"

　　谁知,奇迹发生了!我的话音刚落,相骂声即刻停止。车厢里出奇的安静。此时的我,不免有些自喜。想起自己这句话,虽顶不上一万句,但十句八句,大概是足以顶得上的。

　　但是,这不是一句伟人的哲言,也不是一句哲人的妙语,这是一句类似托儿所老师对多占糖果的小朋友说的话:"小明,一人只有一块糖,你拿了小芳的糖,你做错了!"由此,我想,生活中许多的人事纷争,由最初的小有芥蒂发展到大动干戈,你死我活,铤而走险,如果最初有公正的声音,有是非的评判,那么,结果是否会好些?

　　我也想起一位颇有声望的老者曾说过的话:长期在不公正的环境下,好人也会变坏人。

一两黄芪

　　那天在一家门面挺大的中药店里采购几味中药。时值冬令，来店里配膏方买补药的人不少，我排在五六个人的队伍里等候付账。在我前面的是一位打扮很入时的年轻姑娘，轮到她时，只见她从小坤包里摸出一张纸片，对着纸片上的药名一味一味地报：黄芪一斤、党参一斤、杜仲一斤……全都是一斤。营业员算好价，姑娘就从精致的皮夹里抽出两张大票递过去。此时，排在我后面的一位老婆婆轻轻叹了一声：喔哟，买介许多啊！接着又嘀咕了一句：不晓得一两黄芪好买吧？听说黄芪很好的，想买一点吃吃看。我朝她笑笑说，中药是可以按克数买的。但她似乎又有些不放心地朝柜台走近几步，对着那位女营业员又问了一声：同志，一两黄芪可以买吗？女营业员没有正面回答她，只说了一句：介一点点吃啥？一样买多买一点。老婆婆沉默了一下，最后像是下了一番决心似地说：那就买二两吧。

　　轮到我报出黄芪半斤、杜仲半斤时，老婆婆又有些惊奇地问，你也买杜仲啊，杜仲到底是吃啥的？等我向她解释这味药的作用后，那位女营业员开口了：人家买啥侬问啥，又不买，问介许多做啥？……突然地，那位老婆婆一下子脸红脖子粗，声音提高了八度："问也不好问了？嫌我穷，看不起人，不买了！以后不来了！"一面嚷着，一面转身就颠颠地跑了，几缕白发跟着她瘦瘦的身影一颤一颤的。

气氛有些尴尬了，女营业员愣了一下说："怪吧？我又没讲她什么，火气介大！"周围顾客没有搭腔。好一会儿有位老先生很幽默地开了口：黄芪是补气的，现在老太太气补着了，黄芪也不买了。

是的，女营业员确实也没有恶形恶状地训斥老人家。然而，她的话、她的语气，让这位老人感受到了歧视，让周围的顾客听了也觉得有些不是滋味。一两黄芪，对一位收入颇丰的白领来说，也许可以是不屑的，对一家做多了大生意的大店来说，更是微不足道的一点买卖。但是，对这位看起来有些寒碜的布衣老人来说，也许已是这个冬天里款待自己的一点奢侈了。大千世界里，贫富有差别，该是常理。开门做生意，盼生意兴隆财源茂盛，也是常理。善待顾客，将心比心，勿以善小而不为，勿以恶小而为之，才能赢得回头客，获得好声誉，更是真理。

一缕香魂忆米兰

花犹人：有的明艳热烈，有的素雅内敛，有的芳香四溢让人亲近，有的一味淡泊独守高洁。所有的花，都是大自然的馈赠，我几乎都喜欢，实在说不上怎样的厚此薄彼。但我养过一株米兰，它经我手，灿烂过，给过我很多的欢喜，又经我手，一夜功夫，走向凋零。为此，现在，米兰竟成了我心中最怜最疼的花儿了。

多年前的一个春日，有位卖花人向我推荐他的米兰。对于米兰的难养，我是有所闻的。看到过邻家老人在清理一株枯死的米兰时，叹息道：这花难养啊！因此我对卖花人说，米兰难养，我不敢要。卖花人说：花跟人一样也各有脾性，你懂得它，善待它，就不难养。养不好，不是花的错，是人的错……

我喜欢这些颇有哲理的话，在卖花人教授了一些养米兰的知识后，就把这株米兰抱回了家。心里到底也有一丝不服：都说难养，我倒要试试看。我把园艺专家贺永清先生谈养花的书找了出来，仔细阅读米兰这章。浇水、施肥、保暖，何时作何等事情，一样样记挂着，小心翼翼地实施着，像伺候婴儿般上心。

渐渐，米兰针尖一样的花蕾开始由绿转黄，变成了小米粒。一天清晨，我还在床上，忽一阵香气飘来，沁人心脾。我也笨，一时竟不知这是米兰所为。等我醒悟，去看我的米兰，只见金灿灿的小米粒嵌在片片翠绿中，恰是满盆"金镶玉"！我贴近花儿嗅，可是，香气竟无！等我转身，又一阵香气袭来。我明白了，此时的米兰，它是一个顽皮又有点怕羞的小孩子，你不在意时，它把手伸到你鼻前，你要亲近它，它却躲开了。它也很像一位性情恬淡的素美人，懂得知恩图报，又做得含蓄优雅。

这一年，我的米兰，它开了谢，谢了开，竟达四五次。曾闻科学家有过研究，据说花也懂人语，我是信其有的。在最后一次花落，冷天快到时，我轻轻对它道：明年你还要给我多多欢喜呀。果然，第二年花期至，它仍多次给了我"千金散尽还复来"的喜悦。于是，我颇自得：谁说此花难养，只是人不尽心而已。

可是，这"不尽心的人"也轮到我做了。寒冬一到，我照例把它包裹起来，放进室内，白天太阳好，才搬到阳台上。一日，外出晚归，竟忘了搬回室内，第二天，它便是一副憔悴脸。于是我向它认错，补救，多给它温暖，终于，它慢慢挺了过来。谁知，临过年时，事一多，又一夜把它晾在阳台上。这回，它再也不肯原谅我，它用被冻僵后的枯黄和衰败来惩罚我犯重复的错。任我千呼百唤，伊人终是独去了。

我们会说，再仔细的人，做事也难免百密一疏。但往往就是这个"一疏"，"百密"会失去全部价值。对这株米兰，我唯有悔恨。好几年过去了，我没有再养米兰。米兰让我敬畏，我想，只有等到自己确实坚信有能力能养好它时，再把它请回来。

有文化的人

　　我们小时候，父亲喜欢出一些稀奇古怪的问题考我们，爸爸好诙谐，回答这类问题，有时不能按常规。一次晚饭后，他说考考你们，你们认识的同学家长中谁最有文化啊？

　　大弟说我们班小牛妈妈最有文化，她戴的眼镜片比酒瓶底还要厚。大家一听笑了起来，因为小牛妈妈是天生近视眼，又是个不识字的苦力劳动者。

　　爸爸跟着笑了一会，严肃起来，他说我也认为小牛妈妈很有文化，当然不是她的近视眼。于是爸爸跟我们说了一件事。刚才他下班路上，看见小牛妈妈蹲在小石桥上，把病家倒在桥中央的一滩药渣，用手一捧一捧搬到她的劳动车上。爸爸看得感动，和她聊了起来。她说，药渣倒在桥中央，行人怕踏了沾晦气，都避着走，不当心掉到河里就糟了，真要是闯了祸，那病家作了孽，心里也不会好过，毛病还会好吗……

　　爸爸说，你们看，小牛妈妈多有文化呀，她处处为别人考虑，不迷信不怕沾晦气，即使对做错事的人，也不出恶言责骂……在爸爸的启发下，我们明白了"文化"两个字其实有很多内容，由此也想起小牛妈妈"有文化"的很多事。

　　小牛一家是我们村里最穷的一户。小牛妈妈很早死了丈夫，带着两个孩子从外乡来此地租房落户。虽然穷，两个孩子满身补丁，却被妈妈缝补浆洗得干干净净，也被妈妈教育得懂道理有志气，不轻易接受别人的馈赠，哪怕是一支铅笔。兄弟俩一放暑假就去割猪草，卖给公社里，攒几个钱，为自己添置学习用品。妈妈也说，这个女人真是明事理，向人借了钱，说好几时还只有早不会晚，还时还要送上一点自己做的咸菜萝卜干。我们还讲起一件事。有一次小牛哥俩去捡煤渣，误了上课时间，干脆逃了学。他妈妈知道了，吃晚饭时，把锅里的饭全分给了兄弟俩，自己却不吃。哥俩叫妈妈吃饭，妈妈说，我没脸吃呀，让你们为了家里，误了读书，将来怕也要像我一样拉劳动车了……这番话让哥俩哭了起来，保证今后好好读书，不再让妈妈操心。这一晚，谈论"小牛妈妈有文化"的话题后，我们也开始了对小牛妈妈的关注和敬重。

后来又知道了她的故事。小牛哥俩越长越大时，妈妈的体力也越来越差，负担越来越重。在她四十多岁时，嫁给了村里一位麻子光棍。虽是麻脸，却有裁缝手艺。结婚前，她把哥俩叫到跟前问，今后叫他叔叔还是爸爸呢？哥哥说，我们已经很多年没叫过爸爸了，还是叫叔叔吧。小牛妈妈说，好吧，那就叫叔叔吧。在裁缝六十岁生日的前夕，小牛妈妈找哥俩谈了话，说到继父的不容易。第二天，她为老伴精心做了几个菜，全家团坐，开席前，兄弟俩举着酒杯，突然跪在继父跟前，一声"谢谢爸爸养育之恩！"弄得老裁缝涕泪交加。

后来，我们村拆迁了，大家散居各处，也就失去这家人信息了。前年大弟去北京出差，邂逅了几十年未遇的小牛。小牛已是一家大公司的总裁，小牛的哥哥也成了教授。小牛的妈妈和老裁缝还健在，和小牛住一起。提起继父，小牛一口一声"我爸"。

现在听到媒体上讨论有文化、没文化、富人和穷人这样的话题时，我常会想起小牛的妈妈。

与良乡相遇

我在离工作单位二十公里的 G 地买了房子，装修完毕就搬了过来。对此，亲友们一直是有疑虑的——毕竟这么远！现在细细想来，当初在报纸上看到 G 地商品房广告，一下子来了兴趣，其实，是有一个人影响了我。

八十年代初，我分配到学校工作，报到第一天，在路上问讯，有一个人一路把我带到学校。后来，才知道这个叫秦良乡的人是学校负责搞采购的。他三四十岁模样，操一口浓重的郊区乡音，为人十分忠厚，常常风尘仆仆，踏着黄鱼车，东跑西颠。学校里谁都可以支使他，求他帮忙。"良乡！这份表格抽空送到区里去！""良乡！替我到 B 校借一只手风琴！""良乡！这批废纸去卖掉！""噢，好的，好的！"良乡总是爽快地应承。

良乡是郊区 G 地人，一到周末，他就打点回乡，赶回去帮妻子侍弄菜田。周一赶到学校，袖口、裤脚都沾着泥，手里拎一只麻袋，里边常有新鲜蔬菜——送同事的。他的两个儿子，生在六十年代末，一个叫卫东，一个叫向东。

有一次，我说起他的名字起得好，良好的乡风熏染出他的纯朴。谁知他说他本不叫良乡，而叫"良卿"，是乡下一位教书先生起的。教书先生说，起个儒雅的名字，希望他将来不做泥腿子。后来他很小就外出谋事，由于"卿"与繁体字的"鄉"字形相像，别人误读"乡"，一直将错就错下来了。但是，我想，人们大约总是觉得还是"乡"字比较适合他吧。

一个夏日，在我的提议下，我们教工团支部的一次组织生活竟过到了良乡的家里。二辆黄鱼车载着十个青年团员，一路兴高采烈，又气喘吁吁，踩了两个小时的车子才到了乡下。

矮矮的旧瓦房掩在绿荫丛中，房前屋后都是树，丝瓜吊在树上变老了，庭园里无花果熟透了没人摘，大片大片的农田，绿得耀人眼睛。良乡一家倾其所有，殷情招待我们。吃饱了，我们由卫东、向东领着，串到树林里、小河边，捉鸟摸鱼，不亦乐乎！我们这些大多在弄堂里长大的孩子，感叹着、羡慕着：良乡的乡下竟有这么好白相！可是良乡的妻子却说，乡下人苦，挣不了几个工分，多亏良乡在学校里干活。良乡妻子指着两个一身泥土、穿着破衫裤的孩子说：要是他们将来能像你们一样有出息就好了！

若干年后，我离开了老学校，渐渐与同事失去了联系。只是在九十年代初的某天，在路上碰到过良乡一次，他踏的黄鱼车上堆满了木料，他说准备把旧房翻翻新。

一晃，又是十年。我搬好家，第一个念头就想去拜访良乡。可是，G地的变化，使我已找不到良乡的家了。原先绿荫掩映的旧村落不见了，眼前是一幢幢相互挨得很近的高高低低的小楼房，到处是水泥地。正打听着，有人指着不远处骑着助动车的一个人。

眼前的良乡变得苍老了，牙齿掉了，背也佝偻了。但精神仍是好。良乡指着车上的女孩说，这是卫东的孩子，出了五万元进了市区一所重点小学，每天往返路程，助动车要两小时！我表示这么做不太值得。良乡说卫东说了，教育投资最值得，孩子若进了当地小学，讲起话来一口乡音，恐怕一辈子都改不掉！

良乡老两口对我搬到这儿十分诧异：我们这儿好多人家，楼房盖得好好的都空关着，也有租给了外乡人自己去市里买了商品房，你怎么城里人倒要做乡下人？我说还不是这儿空气好，房价也便宜！良乡说这儿农田已少了，空气已没有以前好了，要空气好，还要搬到落乡点。他们的小儿子

少年梦·青春梦·中国梦——中国故事
【徐慧芬】青青的果子

向东已在距 G 地五十公里的地方买了别墅，那儿临湖靠山，空气才真好，向东是靠种植花木种出了名堂，发了点财。

今年五月，良乡来电话让我为向东即将出世的孩子起个名字。我动了一番脑筋，拈出"秦钟粟"三个字，自认为不俗，希望孩子将来读书好有出息，所谓书中自有千钟粟。一个月后，良乡来给我送红蛋，不好意思地告诉我，孙子没用"钟粟"这个名字，向东说，"钟粟"听起来就是喜欢种田的意思，他们希望儿子将来能在金融界工作，所以给孩子起名"秦融"。我思忖了一下说，其实也可以这样理解，粟，确是米，但是现在大家不是把钱叫做"米"么？"钟粟"听起来含蓄点。良乡听了，拍了一下脑袋说，哎，到底是乡下脑子，想不周全！我笑了起来，望着窗外说，秦融也是好名，融，融合，多好！

与骗子打鬏的人

　　沪语称开玩笑为"打鬏"。老高是个喜欢打鬏的人，六十出头的老高身板笔挺，声如洪钟，小区绿地里只要传来老高富有穿透力的声音和着众人爆发性的笑声，就知道老高又在讲述他与骗子打鬏的故事了。

　　老高与骗子打鬏，总是循着骗子的思路，一步步诱其入巷，然后像欧亨利的微型小说般，来个出其不意的结尾，让骗子脑子一下子空白。

　　举骗取医保卡账号钱为例。老高与骗子周旋，同样演绎出其不意的结尾，却有不同的版本。通常多是这样，骗子电话打进来，说老高医保卡账户被人冒用，要提供卡号核对，以便冻结。老高一听，作焦急万分状，结结巴巴问：那怎么办怎么办？又对骗子说，我一向不进医院，小毛小病一挺就过去了，卡里的钱一分也没用，有好几万呢。老高边说便让骗子等一等，他去找卡。过了一分钟后，老高又拿起电话，对骗子说，你一定要等我一等，我因长久不看病了，卡放在哪个抽屉里记不起来了，但总归找得到。你做做好事啊，我已快八十岁了，行动有些慢……骗子催促：快点啊，我们还有其他事要办。老高回应：好的，好的，你耐心点，我一只只翻过来，总找得到的。又过了两分钟，老高拿起电话，做兴奋状：啊！终于找到了，我报，你记下来啊。骗子提醒：别看错了。老高说，不会的，我眼睛好得很。说完这句，老高不响了。骗子急了：报号呀！老高开始作出哭腔：哎哟，对不起，我脑子糊涂了，我刚刚想起，我是农村上来的，还没有参加医保……还有一次的结尾是这样的：哎哟，对不起，我忘了告诉你，我有白内障，卡上的数字一个都看不清……

最近这一次，老高接到电话，先装出将信将疑的态度，问了几个让骗子觉得此人智商不高确可行骗的问题后，感到骗子已对他胜券在握进一步糊弄他时，老高就开始"信任"骗子，向骗子"诉衷肠"，说自己退休金不高，儿子媳妇还想啃他老骨头，将来自己生了病是靠不上他们的，所以一向省吃俭用偷偷攒了点救命钱，是不让他们知道的。医保卡上积了这点钱，也是平时不用以备将来用的……骗子表扬老高：对对对，老伯伯有头脑！

最后老高顺从地报出了医保卡号："17556885931。"骗子说，老伯伯，你这个数字好像不太对，再报一遍。老高说我这个卡号很好记的，你只要记住："你欺负我老伯伯我就扇你"，扇你就是请你吃耳光懂吗？电话那头一片寂静，估计骗子脑电图短路了，老高就挂断电话，想象着骗子气急败坏的模样，哈哈哈大笑起来。

妻子说老高：你吃饱啦，有空啊，和骗子骗来骗去比本事，费什么神哪！老高说，我与他打打鬃，以我的时间，换他的时间，让他长记性，以后少骗人，这也是为和谐社会做贡献。

老高，本地人，体育教师出身，说他年少时的梦想是当一名侦探。

再见，再见！

父 亲

我邂逅一位 40 多年前的中学女同学，寒暄之后，她问我，你爸爸好吗？她说，有一次我忘了带午饭，你把我带到你家去吃饭。那天你爸爸在家，吃饭时，他不停地给我夹菜，还讲了许多有趣的话。他说，小姑娘，要想成绩好，多吃点豆芽菜，黄豆芽又叫如意菜，晓得吗……

我茫然，我一点不记得了。

在老同事的聚会上，我见到了一位三十多年未见面的老领导，见面第二句话就问我：你爸爸现在还好吗？我记得你爸爸和我差不多年纪，他真风趣啊，还写得一笔好字，现在我还留有他写的字……

我愕然，我怎么不知道有此事。

知道爸爸是喜欢写字的，别人有请，赔上纸墨，还非常起劲。妈妈戏称他到处摆测字摊。也记得妈妈说过，你爸呀，就是一张嘴、一笔字，讨得外公欢喜的。我们兄弟姐妹的字，一个也及不上爸爸，但也不收集他的字。

现在，爸爸的字已经刻在他的墓碑上，碑文是他生前自己写的，语气是诙谐的，碑文上的字也是他写的。年年扫墓，看他碑上的字，觉得工匠描摹镌刻得实在有点走了样。

他

我在央视名人访谈节目上看到他，一位成就卓著的设计大师，他侃侃而谈。忽然，屏幕上打出了他的名字，我眼前一亮，这正是几十年前的他。

那时，他是青年，我是小青年，我叫他路老师。他是中央美院附中的高材生，以后参军复员到此地造币厂搞设计。我在学画，很高兴认识他。他看我画的素描头像，他说，你要记住，不要迷恋于光影，要紧紧贴着骨头肌肉画。这样简洁明白的话，被我牢牢记住，并用此教诲我以后的学生，就像多年后习文，始终牢记文学前贤的箴言：写小说要贴着人物写。

一次他来我家，见到一本我新觅到的《罗丹艺术论》，十分惊喜，他说自己想买没买到，我毫不犹豫借给了他，后来还书时，他谈了读后感，讲到激动时，语速变快。

印象中，他热情纯朴，待人真诚，并有远大志向。恢复高考后，他直接考研到了中央工艺美院，不久，我看到权威刊物上他发表的人物素描，那样结实，犹如雕塑。

现在，电视中的人，仍然热情善谈，仍然有着当年的神韵，可是模样已变，已是白发老者。在我眼里，他从青年一下子跳到老年。中间一段，有着怎样的奋斗，怎样的艰辛与欢乐，让我慢慢猜想。

她

我在候车厅里见到她，突然吃惊了。脸如银盘，眼似桂圆，鼻子微微上翘，嘴角一颗俏皮的红痣还是那么醒目，一根马尾辫甩在脑后，晃呀晃，这样年轻！

我一步步走近她，目不转睛望着她，气也不敢出。她只望了我一眼，表情非常平淡。

　　我认识她很久了，那时大家都还年轻。课余我常侧身她的琴房，看她琴键上十指飞舞，听她引吭高歌。她也常假座我的画室，听我闲聊一些画事，或看学生写生石膏。她反应灵敏，快人快语，高兴不高兴全写在脸上，对未来有很多设想。在一次民主生活会上，她批评我这个团支书对一位团员谈恋爱时犯下的错误不闻不问。我知道她是对的，她是率真的人，眼睛里容不得微粒沙子。

　　我长久地盯着眼前的她，突然，她有些迟疑地问我：阿姨，我们认识吗？我醒了。我说，你很像很像我一个熟人。

　　转身的时候，我流泪了。她早已走向另一个世界，很多年了。眼前的她，会是她的重生么？

在张三的葬礼上

张三临终前对家人交代后事说，我奋斗了一辈子，票子、房子、车子、位子，该有的都有了，如果我的追悼会上能请一个级别高点的人来为我主持，这样，我这一生也算圆满了。

但张三死时，不巧单位里能请得动的两个级别比他高的人都外出了。张三家人只好将张三遗体冷冻起来，把葬礼定在两人回来的第二天进行。但到了那天，又不凑巧，两个级别高的人，一个去开紧急会议，一个拉起了肚子，都没法来。而负责此类事的工会主席级别又没有张三高。后来还是邻居出了个主意，说小区里，有个姓李的老人级别很高，据说过去打过游击，现在虽然已离休，但享受的级别待遇是不变的。

正准备出去钓鱼的李老头，被张三的家人请到了殡仪馆，一点准备也没有。张三单位的工会主席把一张打印好的纸头塞给了老李说，你就照上面的程序主持吧，必要时我会提醒你的。

葬礼开始了，老李拿起纸头看，但因为走得急忘了戴老花眼镜，纸头上的字老李一个都看不清，旁边的工会主席只好小声提醒他："现在默哀三分钟。"但老李耳背没听清，仍待在那儿不出声。急得工会主席只好先用脸部语言——做出难过的表情，又伸出三个指头，指指手上的表提醒他。这下子老李开了窍，马上清了清嗓子说道："现在奏哀乐，请大家难过三分钟！"到"三鞠躬"时，老李又忘了，赶紧把头转向旁边的工会主席，工会主席向他伸出一根手指，弯了三下。老李顿时领悟，马上宣布：现在我们向张三先生弯三记腰——一弯腰！二弯腰！三弯腰！

最后快进行到"瞻仰遗容"这个程序时，工会主席干脆事先提醒，向老李扬起一只手，划了一圈。老李也确实聪明，又宣布道：最后请大家转一圈，参观一下结束。

追悼会还未结束，场内人都被老李独特的主持语言弄得乐不可支，甚至笑出声来。散场后，有人说，怎么请了这么个搞笑的糊涂老头来主持？这回老李耳朵倒十分尖，马上反驳道：难道我说错了吗？我是实事求是，第一，像张三这样一辈子十分圆满的人，我们应该为他高兴，难过三分钟好像也差不多了。第二，像张三这样级别的人，生前肯定享受过无数次别人向他弯腰的待遇，现在大家向他最后弯三次腰，也算意思意思。第三，像张三这样事事都称心，样样都齐全的人，最后也难免一死，看来一切票子、房子、车子、位子等在死神面前已显得无足轻重了。我们活着的人参观一下，对照自己，反思反思，肯定有好处，大家说是不是啊？

保　险

一个单位共事，难得有那么一两个能交心的人，我不大合群，但与玲也算有缘分，大家能把对方的有些话锁在肚里。比如同事的是非，领导的长短、与人的过节等等。玲是个热心人，我在什么地方缺个心眼，她也能提醒我补起来。

上任不到三个月的一把手骑车子摔伤了，玲说，这下热闹了，一个个都贼兮兮地往头儿家里跑。我问干吗要贼兮兮地？"你这也不懂，都是趁机送礼呗！不是又要评职称了么！"玲答道。

提到职评时的打分，我俩计算了一下都觉得自己有点危险。我虽说业务还不错，但人缘并不好，有人说我清高，目中无人，玲告诉过我，头头对我也有这种看法。而玲呢，工龄倒是不短，但业务方面总有点那个。

玲说，她估计全所大概只剩下我和她还没有去看过一把手。我被她说得也有点心慌了，无论如何讲究起来，这是不大礼貌的。要不要买东西呢？我说别送了，万一头儿不收呢，再说往日同事间谁生病不也"君子之交"么？玲说怎么又犯傻了？没听说官轰走送礼的，别人都送我们不送便是二百五了！我笑着说，要当聪明人，那就干脆一人带上一挺"冲锋枪"（火腿）把头儿打倒完事。玲也被我说得笑起来："这话不错，该狠着点压过别人，掂不出斤量的东西送了也等于白送。"什么时候去，玲说她来叫我。

过了两天，玲也没有来找我。我一忙竟把这事忘了，后来碰到她才想起，我问还去不去了，玲一拍脑袋，哎哟一声，小孩子生病忙得她也忘了。我说这下省钱了，刚才听人说头儿就要上班了，咱们就别再打他了。

隔了一天，头儿果然上班来了。等周围问长问短的人走散了，我也上前问候并解释："本来和玲约好来看看您，后来玲的小孩生病……"我不好意思说自己忘性大，头儿和蔼地笑笑："大家这么忙还牵挂着，玲也来过了……"听了这话，我的脑子"轰"的一下不好使了，嘴巴张得挺大却说不出什么话来。

过了一段日子，职称的表格发下来了。十个申报职称的人，六个拿到了表格。我有幸其中，玲倒成了另外的四分之一。这让我感到意外。一把手在大会上宣布完有关职评的事后，又讲了点题外话，他说他感谢这次在他腿跌伤期间众多同事的关切，不少人还买了慰问品，但他只能心领，以后他将逐个上门"完璧归赵"，因为大家目前的生活还不那么宽裕。

几天之后，办公室里有话传出，说是这次职评前，我给养伤的头儿送去了两挺"冲锋枪"。

梵·高的光

　　在报上看到，有关方面近几年在人群中作过一个问卷调查。问；在世界范围里，最崇拜哪些杰出人士？据说调查结果，荷兰画家梵·高一直在十人排行榜内。有人为此有些疑惑：现代人急匆匆的目光里，浮躁的心绪里，为何一直抹不去这个贫困潦倒几近自虐而死的画痴？

　　是画家生前的潦倒与死后的殊荣形成的巨大反差吸引了现代人喜欢猎奇的眼睛？是如今画家作品的天价使得注重商品价值的人目光定了格？还是一种人云亦云的假惺惺作态？

　　我以为，在看好梵·高的人中，不排除这些因素，但我相信更多的人是真正发自内心地尊崇梵·高这个人。只要了解一下梵·高这个人的经历．只要读一读那本《渴望生活》，只要稍微用心去体验那些充满生命激情的画作，我们就没有理由不被这个蓝眼睛的荷兰人所感动。

　　我们感动于梵·高的忘我、创造、激情，他使得许许多多默默无闻的普通劳动者、创造者看到作为一个生命个体竭尽全力后可能达到的扳致，以及生命巨大的能量和潜在的价值。

　　人们所向往的正是人们所不具备的。同样，在急功近利者的精神世界里，也需要梵·高作为参照，需要梵·高忍辱负重的精神来安慰自己的某些失落，需要梵·高超凡脱俗的精神力量来反省自己争名逐利带来的某蝗缺损……我想，这便是现代人何以如此尊崇梵·高、热爱梵·高的缘故。现代人可以屏弃梵·高苦行僧式的生活方式，但梵·高精神会永远成为现代人追求生命价值达到辉煌的一个坐标，一面镜子。

　　然而，向往与实践毕竟是两回事，人们也许会怀疑，在到处充满短期行为的当今时代里，在人心日趋浮躁的现代生活中，还有梵·高式的人物存在吗？我想，答案应该是肯定的。只是"梵·高们"由于种种原因，自觉或不自觉地远离了热闹，远离了人们功利的视野，他们静悄悄地躲在某一角落里真诚地生活、耕耘、创造，我们不知道他们姓啥名谁罢了。就是在去年11月沪上举办的大型艺术博览会上，这个可以为自己作品摇欣呐喊引起世人注目的场合里，就游荡着不少梵·高式的灵魂。我在这里邂逅了一个20多年前就熟悉的孙姓朋友。他的大型抽象油画并不是像有些人认为可以是信马由缰地瞎涂乱抹。我看过他的劳作，在他节衣缩食租借来的农舍里，他虔诚地对待每一个色块、每一根线条矻矻终日，常常忘了吃饭睡觉。他画得很慢，稍不满意，刮掉重来。那间农舍里堆满了不合时人眼的画作。20多年来，他并不因为多数人的不赏识而放弃自己的艺术追求、改变画路去迎合世俗的眼光，追求实在的利益。

　　那个雨天，展厅里参观者还是熙熙攘攘接踵而至。只是他的摊位前颇显寥落。我在那儿坐了一会，有位老太太走过，好奇地问起其中一幅画的构思。他在解说自己的画时，神情有些羞涩，然而眼睛里泛起了一种熟悉而动人的光，这光类似梵·高眸子里蓝色的火焰。

惊险一幕

我居住地的不远处是一片比较陈旧的楼房，那是早些年一些动迁户搬来后的栖居地，居住在这里的都是些最普通的老百姓。我外出时，常要从这片楼房的弄堂里穿过，耳闻目染的尽是人间生动的烟火气。

去年夏天的某个早晨，我途经这儿，狭小的弄堂被一群人堵住了，抬头一看，吓我一跳。一个四十岁左右的汉子，赤着脚，敞着衣衫，嘴巴里骂骂咧咧，悬在一根绳子上，人离开地面足有二三层楼高，拇指粗的一根绳子上端系在六楼顶层上，另一端荡下来，是修补楼顶的泥水匠用来传送水泥桶用的。这个男人为什么要把自己百多斤的身躯当水泥桶一样吊在绳子上作惊人之举呢？万一绳子不牢，或者他臂力不逮，后果将不堪设想！

周围的男女老少都仰着头，像欣赏高空表演一样，空气中只有那个汉子气急败坏的叫骂声，吓得我不由得大叫起来：危险，快滑下来！这时旁边的几个人对我说，大家都叫他下来，他听不进去，还要往上爬，让他去！作死！

原来他"作死"的原因是为了几只鸽子。他在顶楼上养了一群鸽子，建筑队的泥水匠上去修补楼顶的时候，母鸽正在孵小鸽子，不知怎么惊扰了母鸽，结果鸽子不见了踪影，有人传说鸽子是被几个泥水匠偷吃了。他去找修建队头头理论，头头说，你又没有证据证明他们偷吃了鸽子，再说楼顶上搭鸽棚本是违章的，应该拆除。所以这样一来，这个心疼鸽子的男人就莽撞地吊在一根绳子上，想用这危险的一招，吓住修建队，讨个说法。

　　大家正无计可施时，突然他的女人从菜市场急匆匆奔过来，带着哭音叫着他的名字，央求他下来。但是那个汉子仍无动于衷，嘴里还一遍遍地喊：别管我，他们不解决，我就死给他们看……

　　到底是人命关天呀！情急之中我稍加思索，对着他又喊了一声：喂！你的命哪能介便宜，只值几只鸽子啊！周围的人一听笑了起来，忙附和：是啊是啊！你这样死，轻于鸿毛，轻于鸽毛，阿拉也看不起你，有本事下来好好讲道理解决……

　　大约在不想被众人看不起的念头支撑下，最后，这个把命赌上的莽撞汉总算慢吞吞地滑下来了。他两脚刚落地，他那刚闻讯赶来的老爹就一把揪住他，请他吃了二记耳光。在一片哄笑声中，这幕惊险剧总算落帷。

　　后来，大约鸽子已是不养了。去年除夕前一天，见这条汉子在弄堂口，推着一辆黄鱼车，卖起了水果。别人与他讨价还价，他笑嘻嘻地，态度十分温和。我称了几斤芦柑，他望了我几眼说：阿姐，侬很面熟的。我笑笑说，是的，侬也很面熟。心里默默祝愿他：安详、快乐！

捐书小记

这是个好天气，五月一日，侄女开着小车，载着我和一车"宝贝"，驶向威海路。

隔夜，我打电话问侄女，明天能否驾车来帮忙劳动一下，她问啥事，我设悬念：来了便知，总之是好事。90后的侄女是个孝顺孩子，第二天推掉了与伙伴们相聚的乐事，早早赶来。见到我已打包好的一箱箱书，得知要送出去，她颇吃惊：嬢嬢不是最喜欢书么，怎么舍得啊？

一周前，从报上见到"书送希望、输送光明"为贫困地区希望小学捐书的启事后，我就开始忙碌了。几十年下来，家里已积攒了那么多书，我一本本翻检审视，把认为可以送出去的且适合青少年阅读的，都找了出来。

这些书，有自己买的，有朋友送的，其中还有一些作家朋友的签名本，更有一些是海外朋友寄来的。我一册册婆娑翻阅，美好温暖的记忆像一幕幕老电影再现。挑挑拣拣，最终装了十个纸箱两个大塑料袋。我还把最近再版的个人专集拿出五册一同打包。我在扉页上写下两行字——亲爱的同学：愿这本小书给你带来一份阅读的快乐。

不要以为我是一个大方的人。年少时，恨不得世上好书唯我独享，谁要是借了我的书不还，那就像身上被人割掉一块肉。年轻时经历过精神食粮的饥荒期，为偷读到一些"禁书"，要冒风险。刚开放的年代，为买一些名著，要候在新华书店门前排长队，还不知能否如愿到手。所以啊，对书的珍惜，甚至吝啬的秉性一直保持。就是自己出了书也不随意送人，生怕作出"给赤道人送棉袍"的傻事，白白浪费自珍的敝帚。

年岁渐长，懂得了好东西要与人分享，独乐不如众乐，也开始喜欢将书当礼物送人。可是现在我们这个大都市里，满世界忙碌的人群里，能有闲情读些闲书的又有多少呢？

想起小时候，母亲有一次问我们几个孩子，你们觉得什么东西最好吃，两个弟弟都说鸡最好吃。母亲说鸡是好吃，可是世上最好吃的不是你们说的鸡，而是饥饱的"饥"，想想看，如果饿你们三天，那再吃什么东西都是最香的，所以古人说饥最好吃。这个说法也让我自小懂得了另一个道理，同样赠物，雪中送炭远比锦上添花更有价值。那么，现在谁最需要书呢？无疑是那些少有图书馆缺少课外书籍又渴望阅读的贫困地区的青少年啊！

车子到了捐赠处，厅内到处是码得高高的书，还一排排摆放着许多捐赠的书包，不少人比我们早到了。登记处的姑娘问我一共送来多少书，我没点过说不上来，于是几个年轻人帮着一起清点，告诉我共有 478 册。旁边过来一位记者要采访，我婉谢。记者姑娘说，就简单采访一下说几句好不好？好吧，我就简单说了三句话。一，书如粮食饥者最需要。二，没有你们倡议搭桥，自己想捐出去比较麻烦。三，盼以后还常办这样的捐书活动。

回去路上，侄女告诉我，去年寒假，她和几个网友准备去云南一贫困县实地做一项慈善活动，可是她妈妈担心她身体不适不赞成跑这么远，所以没去成，她说她以后还会去的。我知道今天这件事，会像一粒种子，在她心里开出一朵花来。

礼　物

　　搬家才发现，这么一间陋室，容量还真不小，藏了那么多杂物。面对有些东西，要取要舍，也真有些为难。"把真正需要的东西留下，可要可不要的统统扔掉，旧的不去，新的不来。"弟弟这么对我说，还做了个很潇洒的姿势。"我们外国老板，给我们规定，六个月用不着的东西全部当垃圾处理掉，我们也要学学人家，大刀阔斧，心狠手辣。"妹妹这么开导我。

　　这些道理我都懂，许多东西，唯有舍弃才能获得。可当我斟酌再三，将那些准备丢掉的杂物理出来堆在一起时，我的母亲却在那堆废物里找到了不少有用的东西，并批评我的浪费。而等到搬家的那天。我又着实被弟妹们取笑了一回，因为我又搬回了一包包"无用"的东西，他们笑着数落我的"恋旧情结"。

　　我承认我有点怀旧，但也不是守旧。不少可用可不用的器具，最后还是处理掉了。唯独这一包包看起来确实已无用的东西，仍被我珍视。

　　一摞散发出陈年味的日记本，是我断断续续从 15 岁写到 25 岁的日记，记录了生命成长的过程，里面也有些神圣的谎言、伟大的空话，但记录者的心是虔诚的。25 岁后，大概觉得已经"成人"不再写下去了。

　　一本 64 开红封面的笔记本，扉页上有父亲用工整的毛笔字为我们制证的"庭训"，有好几条。在那个讲究"革命"的年代，父亲用了不少"革命"的词句，但今天读来让我有些感动的是这么一条：不许赖学。因为那是"读书无用论"盛行的年代。

一件泛黄的白衬衫，那是我第一件的"女红"作品，作于70年代初，从构思到完成，费去不少时间，我用彩色的布裁成滚条，镶进领口、袖口、袋口。在那个"不爱红装爱武装"的年代，强烈地表示了一个姑娘压制不了的爱美之心，当拍照时，一位摄影师赞叹它漂亮时，我竟欢喜得舍不得多穿它。

一袋大大小小的彩色石头，那是我读书外出考察时，从几千里外居住着纳西族的玉龙雪山下，赤脚在溪水里，寻寻觅觅，一块块捡起来，打进背包，一路风尘背回来的。

面对这些东西，我无法割舍，我觉得那些东西里有我几十年活泼泼的生命在里面。我也终于明白，我们的父母为什么总也舍不得扔掉那些旧家具，因为那些东西其实已化成人生命的一部分了。当时间一点点流去，该逝去的都将逝去，唯一能触摸到过去的是岁月沉淀下来的这份礼物，唯一能安慰人心的是生命中曾有过的那份充实，那份伴随生命成长的纯真、执著、关爱、亲情。当我有一天老得挪不动脚步的时候，我将用枯萎的手去抚摸我生命中的年轮——这些礼物，回味一生的快乐与辛劳，然后安然闭眼。

你在我心里

遥　祭

他客居海外数十年，百岁而终。他的此地老友闻讯，请画家画了此地数十年前几家老字号的酒肆茶楼。店家的门面样貌，其中的陈设，还有一帮人的欢声与醉态，他们的一遍遍回忆，也让画家握笔憧憬。

七十年前，他们和他经常聚在这样的画面里，品茗饮酒，浓淡自如。情动酣畅时，文思泉涌，妙句迭出，雅俗都在谈笑间。现在，店早没了，诗情亦已阑珊，但风烛残年的他们，仍用诗意祭奠远方的诗人。

一杯清酒一支烟，将画点燃，送与老友。灰飞烟灭，唯有熟悉的断肠词一遍遍回响：早已分离，今朝又别离，水流幽廻，花落如雨，恨重如山，白首难期，唯天上人间长相忆……

生　日

他拄着拐杖颤悠悠一步一挪来到小店。

我要买、买一、一斤面条……他口齿不利落。

哎呀，今天怎么老爷爷来啦？摊主问。

老奶奶今天、今天过、过生日……

呀，老奶奶腿脚比你好，今天她倒享福了！

唉，她、她是享福、享福去了，到天上享福去了，走、走了一个月了……

啊！旁人眼睛开始发热。

他虽有病，但爱热闹。曾经，老奶奶搀扶他，或者推着轮椅上的他，天好时，从这头到那头，边走边聊，冬日带他晒太阳，夏日陪他乘风凉。老奶奶的手上，或轮椅一侧的把手上，常挂着一条毛巾，一只水壶，或一把蒲扇和一袋削好切碎的水果。这已是这条小街上多年的风景。

供　品

你们啥人出去经过城隍庙，替我带包五香豆好吗？她步履蹒跚，来到小区绿地，问大家。

你牙齿也脱落了，还能吃五香豆？

不是我吃，是给我娘吃。

啊！你娘还在，还能吃五香豆？众人惊诧。不，我娘故世十年了，我娘活着时最喜欢吃城隍庙的五香豆，到死还是一口好牙齿，今年上坟去我要供她的。

其他炒货店也有五香豆，用不着跑这么远，你让小辈买一买方便的。

我叫他们去买，他们不睬我，还笑我自己也管不好，还要管坟墓里的老祖宗。其他店里我又怕货色不正宗。唉，我娘十七岁养我，以后又养了六个，全是伊一个人带大，一辈子吃了多少苦啊！今年伊正好一百岁，我总要尽尽孝心，买点伊喜欢吃的，想想伊一世实在不容易啊……

她絮絮叨叨，众人的思绪也渐渐飘远。

恰逢这趟车

候　车

一日黄昏，从一家影院出来，在车站旁，我与多年失去联系的一位旧同事邂逅了，巧的又是候同路车。

我们互相拉着对方的手，谈过去和现在，又扯到加薪问题，忽然，她长叹一声，面露苦笑。我知道这声叹息的分量。当初刚恢复实行职称制度时，她一个六十年代初名校毕业的大学生，这样说过：一两个名额，条件也差不多，大家五斤哼六斤争来抢去也蛮难为情的。就因为她，有点谦让精神，或可以说，缺乏一点竞争意识，一次脱班了，以后工资待遇处处脱节，且距离越拉越大。我们感慨着人生的得与失，我安慰她：你身体这么好，老天已给你加高薪了。

聊了将近刻把钟，车子才来。集在车站的人群争先恐后，都朝车门涌去。我拉住老同事的手说，我们再等一辆吧。"不，不行，再等，天要黑了！"她拽住我的手向前钻，迅猛的动作与她已逾古稀的年龄颇不相称。

一身大汗，我俩终于挤进了车厢。车吊了好一会儿才慢慢启动，老同事终于松了口气。车上,她仍说东道西。我被挤得有点透不过气来,调转头的时候,却发现后面一辆同路车,载着不多的乘客,且人人都有座位,轻轻松松从我们这辆车旁擦过,超在了前头。我想告诉老同事,但瞧她兴致勃勃的样子,我没作声,把话咽了下去。

赶 车

二十年前一个春天,我去南京参加一个会议。会议结束后随参会的几位先生一同返沪。我们买的火车票发车时间是上午 8 点 30 分。临行,东道主热情设早茶为我们饯行。餐后时间已很紧迫,主人安慰大家,说有车送,不会误点。

哪知刚上车,下起了雨,又是早高峰时段,路况不好,车速变慢,大家心里越来越急。到了火车站外围,车子不能前行了,大家跳下车,时间已是 8 点 35 分了!大伙顿时像泄了气的皮球,无精打采一筹莫展。但见我们的领头羊老江先生突然奔跑起来,年长一点的老王先生直叫唤:奔啥,奔点啥……我心里也嘀咕,奔也是徒劳的,难道火车会等人吗?但是,领头羊一往无前,群羊能畏缩不前吗?于是大家也只得张开双臂狂奔起来。细雨横飞中,我们一行六个人像是在参加一项跑步比赛。

气喘吁吁踏进候车厅,检票处的两扇活动护栏已关闭,旁边有位工作人员立着。只见老江疾步趋前递上车票说着什么。真是怪哉!工作人员竟挥手让落在后面的我们赶快跟进。谁都没想到,这辆列车竟延时到达南京站,故而也推迟了十分钟开启。等我们踏进车厢,只几秒钟,汽笛便响起。人人都知道,如果我们不奔跑,即使迟开这十分钟,也赶不上这趟了。

老江是一家出版大社的领导,早年又是位名记者,这样的举动,与他的工作经历、生活经验、做事风格、个人性格或许有关?我只是猜测,没有问过江先生。

善恶同车

那天坐在公共汽车上，头有点晕，就闭目养神。忽然觉得手上被什么东西点了一下。睁开眼，说时迟那时快，就看见有粒东西已从手背上滚落下来。

待发现是眼镜架上的一枚螺丝时，我有点慌了。螺丝没有，镜架松开，镜片就要脱落，而我出门在外是须臾离不开眼镜的。

于是我开始忙了起来，弯腰躬背、盯着地上好一会儿，不见影子，又左顾右盼起来。也坐在香蕉位子中间，对面的一位女士发现了我的举动，问我找什么，听说是找眼镜上的一枚螺丝，她也忙了起来，开始了行动。而我俩的行动，又传染了相互的左邻右舍。于是，香蕉位上的六个人为了一个共同的目标，开始了大搜索。

那份专注，真让人觉得那是在寻找一只金戒指而不是一枚螺丝钉。

忙了好一阵，不见目标。还未等我道谢，大家又安慰我起来。七嘴八舌说起什么什么眼镜店有配的，一时配不到可找一枚大头针插进眼子临时用一用云云。

我的心早已感动起来。谁说如今的人自私得只扫自家门前雪，不管他家瓦上霜？我周围的这群人不都是个个热心肠吗？正在我思绪飘远的时候，冷不防被一个声音打断了。"小姐，看看你包里少了什么东西没有？"

这是离我不远处一个男青年对着旁边一位打扮得很入时的姑娘发问。那姑娘看了一下包，即刻大惊失色叫了起来："我的手机没有了！刚才还在的呀！"是的，我也记得，就在大伙帮我找螺丝时，这位小姐拿着手机，声音朗朗。"哎哟，你看到谁偷了？"小姐急急问。"好像是一个穿夹克的男的，不过刚才已下去了。"男青年很绅士地耸耸肩，表示已很尽责。"没下车的时候，你为什么不告诉我？"我期望这句话能从小姐口中理直气壮地冒出来。可是小姐没有这么问，售票员也没有这么说，一车子人也都沉默着。大家只是用同情的目光注视着神情沮丧的小姐。

静然中，我的脑子里忽地冒出了以前听一位诗人说过的几句话：人啊！采你该得的吧，这园子里，有玫瑰，也有罂粟，还有其他。

新世说二题

眼　睛

他突然倒在案桌前，醒来已失语。

他睁开眼，艰难伸出一指，指向自己的眼睛。

儿子略忖，顿悟，泪泉涌。父亲曾不止一次对家人说过：一生多难，身体已衰，唯眼睛尚亮，死后就把角膜捐出，给人间添份光明吧。

心痛，难舍，但又怎能违背？儿子取来笔墨，手颤抖，替父写下遗嘱，将它放置父亲眼前。

他注目良久，复又伸出一指。儿子再看，惭愧，慌忙中，竟错了一个标点。

工工整整，重抄，再呈上。他按下手印，目含笑意。

一个月后，他去世。碑文很简单：祁光明，存世六十载，乡村教师四十载。

嘴　巴

某君，嗜吃，人称老饕。一日赴宴，满桌野味。老饕笑谈：均尝过，唯天上龙肉尚未亲近。

是夜，老饕卧榻，忽电闪雷鸣，一庞然大物披鳞挂甲，破窗而入，扑至老饕榻前。老饕惊问：谁？大物笑道：闻君念我，特来拜访！言毕，长须轻拂老饕脸面。老饕定睛片刻，遂揽须入口，一阵风卷残云，大物已入老饕腹中。

俄顷，老饕脸色骤变，全身痉挛，狂吐不止。竟吐出浊土一堆，宛如坟茔一座。土中传来嗡嗡之声：君可知，千万年前，吾本地球上头号老饕也⋯⋯

老饕大骇，梦醒。自此，性变，成素食者。

逝水年华忆吃穿

七彩服

小七的娘一口气接一口气十年里生了七个孩子，都是姑娘，无可奈何刹车了。小七就是上海人称的"奶末头"了。当娘的一般都宠奶末头，但小七的娘宠小七很有原则，吃的方面，能让她解点馋的，尽可能让着她点。可穿，就惨了。小七一年四季总是穿她姐姐们的旧衣裳。领口，袖底，膝盖处，屁股后面，满是补丁。

好在小七性格大大咧咧，像男孩。穿着百衲衣似的旧衫裤，挤在孩子堆里，照样玩得不亦乐乎。但是，在某一年寒假里，快过年时，三年级的小七，沉睡在身体里的"爱美之心"，突然间苏醒了。

小七开始在家里作，跟娘闹，一定要娘答应这次过年给她做件新罩衫。小七的娘坚持原则不破例，对小七说：家家都是这样的，老大新，老二旧，缝缝补补归老三。你呢，是老七，就是老五老六做了新衣裳，也不一定轮得到你呀！小七气咻咻地说，那我的布票呢？我也有布票的呀！娘说，你的布票跟人换了糕点券，还不是喂了你那张馋嘴巴！要吃好的还要穿好的，哪里来？

小七说不过娘，就滚在地上哭。一边哭一边倒苦水。说同学吵起架来骂她是拾破烂的小瘪三；说老师看人头，接待外宾不让她去就是因为她衣裳不像样；说邻居张阿婆李婶婶总是嘲笑她穿得像阿必大……

小七声泪俱下的哭诉，总算把娘的心哭软了，答应小七这次过年让她穿上新罩衫就是了。于是小七就天天催着娘去布店扯花布，娘被小七弄烦了，警告小七说，你要是天天盯牢我，就不给你做，你要不催我，大年初一就问我拿。可是，还没到大年初一，除夕早上，小七睁开眼，就看到枕头边放着一件折叠得好好的新罩衫。

新罩衫花花绿绿真好看，上面颜色至少有七种。仔细看，这件新衣裳竟是用几百块碎布头一块一块拼接起来的。大姐二姐告诉小七：妈妈用两块糖年糕去西头老裁缝家换回来一袋碎布头。我们睡觉后，妈妈就在缝纫机前忙啊忙，忙了差不多一通宵，才完成了这件七彩衣。四姐五姐也把嘴对着小七的耳朵悄悄说：妈妈因为要为大姐二姐过两年出嫁准备新被子新嫁衣，所以现在布票一点也舍不得用。

见小七捏着新罩衫傻笑着，妈妈慈爱地说，快套上试试吧，明天一早去给隔壁张阿婆李婶婶拜个年，让她们看看，我们小七也穿新衣裳啦！

小七的五姐是我的同学，几十年后我们相遇，她告诉我，她家小七，多年前辞职后，开了个布艺店，当了小老板。

八宝酱

我们家的八宝酱是只年菜。平常日子里，妈妈偶尔也做。但平常这只酱，里面的宝贝少，总是豆瓣酱、甜面酱各半，里面加点豆腐干、洋山芋块，或者几粒黄豆，很少放肉丁。所以叫的是"八宝酱"，其实充其量是"四宝"或"五宝"。

可是过年的八宝酱就不一样了。有一年的八宝酱，品质特别高，酱里除了添加肉丁、肉皮、花生、冬笋外，妈还放了点开洋、淡菜在里面，差不多有"十宝"啦。腊月廿九，妈就把八宝酱烧好了，盛在一只钵头里。妈说，这只酱啊，鲜得来——打耳光也不肯放！妈上班前叮嘱我们：现在不要去动它，吃年夜饭时会给你们吃个畅。

妈上班去了，我们几个孩子盯着"打耳光也不肯放"的一钵头酱，却动不得，心里很痒，开始讨论起打耳光和吃这只八宝酱的关系来。我假设一个问题：如果现在打一记耳光马上可以吃这只酱，你们上不上？两个弟弟相差一岁，性格迥异。一个说：哼，不要说打耳光，就是打我一记头塔，我也不上！一个却表示：假如耳光打得轻悠悠，还是可以试试的。一边说一边还用手在自己的脸上轻轻地捋了一下。

到底是馋难忍。后来不知是谁先起的头，动开了歪脑筋，竟搞出了一桩工程来。

腊月里的这缸八宝酱，里面都是硬碰硬的货作栋梁，冷却后不但结实得很，而且表面还有一层古玉器上包浆样的光泽笼罩着。即使舀掉哪怕一点点，"包浆"一破，要想不被眼尖的妈妈发现是困难的！

两个弟弟很聪明，对这钵头酱由表及里做了研究，在层面上找到几处突破口，把凡凸起的，块头较大的豆腐干，小心翼翼用筷子搛出来放一旁，再换一双质地坚硬的铜筷子一点点深入掘下去，像打井一样。"井"掘到一定的深度，又开始朝井壁四周横里挖。随着出货量的增加，"普通井"逐渐改造成"坎儿井"，最后扩建成了"防空洞"。工程结束，就让豆腐干各就各位当掩体。这样，一钵头酱，表面风平浪静，里面已是千疮百孔。

工程做得艰苦，吃得却开心。至于以后妈妈发现了怎么办，只好到时随机应变了。

吃年夜饭时，妈妈把一钵头八宝酱端上桌，准备用勺子盛到一只碗里去，兄弟们抢着说，我来盛我来盛……但是，晚矣！妈妈落手太快了，勺子刚启动，八宝酱一下子全体塌方了！一钵头酱成了半钵头！

明白了怎么回事后的妈妈，刚要责备追究肇事者，但见爸爸已笑得一塌糊涂，也就不了了之了。于是我们乘兴唱了起来：地道战，嗨！地道战……

后来，物质生活日渐丰富，妈妈的年菜里，八宝酱也渐渐淡出了。成家好多年后，有一次春节，我心血来潮，做了一道八宝酱端上桌，小弟弟见到后，竟说，你怎么还搞这种菜呀？言下之意这是过去的穷菜了。

小孩烧的一顿年夜饭

　　三十年前的物质生活不是很丰富，弄一顿比较丰盛的年夜饭，从原始素材的点点滴滴积累、加工，到成品装盆上桌，其中工序之繁琐、之劳人筋骨，想必过来之人都有体会。在我妈的意识里，过年的精髓便是吃得好。所以，每年妈都是这项年夜饭工程花样常翻的设计师和烹饪师，家中其他成员只能做下手。有时，我们几个孩子会不耐烦地推脱一些诸如拔猪毛、剥花生衣等差事。妈就会训我们：不要吃起来嫌少，做起来嫌多！听到妈的训声，爸有时会捏着一张报纸，从房间里探出头来帮腔：帮妈做多点，不要偷懒！妈看了一下爸，嘴里嘟哝一句：大懒差小懒！于是，我们哄笑起来，爸就有些难为情地说：要改革了，明年一定要改革了！爸的"改革之声"年年嚷，妈总是置若罔闻、我行我素。往往搞的菜把一只只沙锅、钵头都装满，吃到正月半还会剩下些。好在那时冬天像冬天，东西放得起。

　　可是有一年，妈跌了一跤，右手臂骨折了。正逢要过年，妈叹了口气说，今年只好改革了，随便你们怎么弄，我也享福了。几个孩子一想，挺好，就遵循爸常放在嘴上的"一荤一素一汤"的原则吧。可是再想想：不合算，一偷懒，嘴巴就不适意，而我们又是多么馋！于是达成共识，向妈表决心：今年翻花头不敢说，但传统菜一样不会少。

言必行，行必果，立马订出详细分工合作计划，谁当上手、下手，都不得违约。腊月廿三一过，于是小懒们，抽掉懒筋，赶快上阵。杀鸡、剖鱼、做蛋饺、炸肉圆、嵌油面筋、裹百叶包、汆花生米、蒸八宝饭、拼冷盆、配热炒，大灶头烧柴煮咸猪头，煤油炉寻出来摊蛋皮……空气中弥漫着年的味道，小的们噼噼啪啪、叮叮咚咚，各显神通，妈坐镇一旁当太师。有人忙得冷水里冻僵了手，哈哈热气继续干；有人忙得出了一身汗，脱掉老棉袄又上阵。最喜欢吃肉，负责剁肉酱的大弟，想到大忙之后是大快朵颐的好几天享受，劳动兴致极高，为加快工作进程，竟左右开弓，操起了两把刀，嘴里还不停地唱起歌谣来：从前有个聪明的戆大，拾到一把飞快的钝刀……惊得隔岸观战的妈叫起来：当心点！小祖宗！

到了年三十，出差在外的爸赶回来，看到一桌闹猛的年夜饭，惊奇之后，多给了我们两块压岁钱。我们自吹自擂了一番，请妈先尝尝卖相颇好的爆鱼，妈尝了一下，斟酌出四个字：马马虎虎。

当然，这桌菜，一只只看过去吃下来，孩子们也渐渐心知肚明：热闹不等于门道。无论色香味，还是刀功火候，与妈几十年修炼下来的功夫不可同日而语呀！比如，我们的蛋饺下了汤锅，穿绷了不少，煎的排骨有些外焦里不熟，还有一只鸡，留了一大节食管在头颈里……但因为是自己的劳动成果，吃起来还是觉得分外香。两个弟弟吃胀了肚皮还消耗掉几粒干酵母。只是，通过这一实践，才越加体会到妈往年的辛苦不寻常。最乖是小妹，甜甜一句：姆妈是高手，我们哪能好跟姆妈比！这句真心实意的马屁话，又让妈以后千手观音般忙了多少年！

新伊索寓言

橡树和芦苇

一棵大橡树被大风连根拔起，飞到河那边，落到一片芦苇旁。橡树对芦苇说："你们那么轻弱，我真不明白你们怎么不会被狂风彻底摧残呢?"芦苇回答说："你和风抗争，最后你失败了。而我们正好相反，只要有一点点微风，我们就在它面前弯下腰来，因此就不会被折断，所以能避免摧残。"

芦苇正得意洋洋地说教着，一个农人走过来，发现了这棵橡树，如获至宝。农人家里准备打家具，这根橡木正合适。农人临走时割倒了一片芦苇，农人家里也正缺少柴火。过了几天，芦苇被送进灶膛时，忍不住又看了一下那棵橡树——橡树已被打造成一只柜子，这回芦苇不再多舌。

核桃树

有棵生长在路旁的核桃树，树上结满了核桃。过往的行人为了把核桃打下来，用石头砸它，用棍子敲它，把它的树枝都弄折了。核桃树不由地叹息到："唉，我的命真苦啊！我用我的核桃给人们享用，而他们却给我这种痛苦做回报！"它的叹息被旁边另一棵不结核桃的核桃树听到了，不结核桃的核桃树同情地说："看来，你得学我的样，不结一棵核桃出来，那么，人们又怎能摧残你呢！"结核桃的核桃树想了想说："但我也有我的荣耀啊！人们走过我的身边，常常会对我发出赞叹，赞叹我的丰美，赞叹我的能耐。一旦不结果子了，我还能得到这些荣耀吗？再说，做一棵不结核桃的核桃树，还能算是核桃树么？"不结核桃的核桃树听了此话生气地说："我好心好意地劝你，你倒要嘲笑我，你既要享受荣誉，那就只好受苦了！"

小螃蟹和母螃蟹

有一只母螃蟹对它的儿子说："我的孩子，你为什么这样横爬呀！直爬可好看多了。"小螃蟹回答说："好妈妈，一点不假。如果你教给我如何直爬，做个样子给我看看，我一定能学着做。"母螃蟹听了小螃蟹的话生气地说："大人说话，你只管听、只管做就是了，何必那么多嘴，一点不懂道理！"

乌鸦当选美女

百鸟园里要举办盛大舞会，迎接外来客。乌鸦很想参加独舞表演，但知道自己难上台面，于是在森林和旷野中找遍了其他鸟翅膀上落下来的羽毛，它把五颜六色的羽毛插遍了全身。到了举办舞会的那天，它自我感觉非常好地独舞起来。由于它的羽毛非常漂亮，园长把美丽公主的桂冠封给了它，还举办了加冕晚宴，当场赏给她一只红包。于是这只乌鸦更加神气了，到处炫耀它的美丽。群鸟看不惯，就去责问园长：弄虚作假的美丽，怎能套上桂冠？园长说，它辛辛苦苦到处寻觅羽毛，也是一种要求上进的表现。虽说羽毛是别人的，但它肯动脑筋，善于借鉴，说明它很虚心嘛！众鸟听了园长的话，知道说话权不在自己手里，再说也无用。于是纷纷从乌鸦身上拔下属于自己的羽毛，于是乌鸦恢复了原样。恢复了原样的乌鸦，深感委屈，到处向人诉说，它的黑，是人们向它泼了污水。人们心里明白，都讨厌它的喋喋不休。以后，只要乌鸦一开口，人们就逃走。

两条狗

有个人养了两条狗，一条是猎狗，一条是看家狗。每次猎狗跟主人打猎归来后，主人总是把打到的猎物分一大部分给看家狗，一小部分给猎狗。猎狗心里很不平，有一次忍不住就去问主人："这些猎物都是我辛辛苦苦南征北战得来的，凭什么它看家狗坐享其成不劳多得？"主人说："你们两个，你打猎，它看家，各人分工不同，都有贡献。照理，报酬应该一样，但是，你们对自己的主人，态度不一样。你一味逞能傲气，不大肯听我的话，每次出门，你总是不顾一切冲在我的前头，把我远远地甩在后头，一点不懂得照顾我，而看家狗却十分听话，待我也热情周到很懂礼貌。报酬的多少当然得跟态度的优劣挂起钩来，这点道理难道你不明白吗？"猎狗听了，争辩道："它只是一条喜欢献媚的看家狗，而我本是擅长建功立业的猎狗，这是种类与本性的不同啊。"主人笑了笑说："正因为品种不同，我才不同对待嘛！"猎狗辩不过掌握生杀大权的主人，只得暗暗叹气，心里想着，来世投胎一定要搞搞清楚，投什么品种最实惠。

唱歌的人

有个人没有唱歌的天分，但很喜欢唱歌。平常他在家里对着墙壁大唱特唱，声音在屋里回响。他觉得自己的嗓音实在好极了，周围的一切都在欣赏他、赞美他无与伦比的歌喉：钟摆不由自主和着他的拍子，蚊子情不自禁为他伴唱，连他自己的影子都在一晃一晃为他起舞。他决定走出屋外，登台演出。可是离腔走调的破嗓音实在难听，观众忍无可忍发出一片嘘声，最后一个个都逃走了。他在空旷的台上，发出怨言：都说知音难觅，曲高和寡，这话真是没错，这些人哪，竟不及我屋子里的一只蚊子懂得欣赏！

亚亚的心事

八岁的小亚亚有了心事。

自从昨天妈妈和爸爸吵架以后，他的心就沉甸甸的。上课的时候，他走神了。

老师问，爱护、爱戴有什么区别？老师问了没有举手的亚亚。低着头正在想心事的亚亚没有听清楚，老师又重新问了一遍。亚亚抬起头说，就是不吵嘴不打架！

是这样的吗？全班笑了起来。老师说，亚亚你没动脑筋吗？怎么乱说呀！

亚亚羞红了脸。

亚亚记事之后，爸爸妈妈总是不停地吵架，吵了后就摔东西，摔了东西后再打架。

亚亚没有办法使爸爸妈妈不吵架不打架，他只有哭，他想用哭声阻止爸爸妈妈，但是没有用。后来亚亚就不哭了。爸爸妈妈再吵架的时候，他就躲到被窝里，把头蒙住，用两只手指伸进耳朵里，这样，吵架的声音就小得多了。

爸爸妈妈吵了几年架就分手了，分手后的妈妈一下子跑到外国去了。现在他有了新妈妈。新妈妈不凶，笑眯眯的，这让亚亚心里有一点快活了。可是，昨天，新妈妈和爸爸第一次吵架了。

妈妈在熨裙子，电话铃响了，妈妈去接电话，叫爸爸出来看一下熨斗下的裙子。爸爸没听见，裙子烫焦了，爸爸妈妈吵了起来。

亚亚真的有了心事。

亚亚的班主任把亚亚爸爸请到学校里，老师说，亚亚上课不专心，成绩下降了。亚亚还有了坏习惯，小小年纪，居然向同学借钱。有借一元两元的，有借五元十元的。亚亚怎么会变成这样啊？亚亚的爸爸感到难为情。

天黑了，亚亚背着大书包回到家。

爸爸很严肃地问亚亚，你放了学到哪里去了？

亚亚把鼓囊囊的书包打开，取出一只袋子，再把袋子里的东西一点点抖开。原来是一条裙子。

亚亚说，爸爸，今天放了学我经过邮局门口，那儿在卖奖券，我正好有一块钱，就买了一张。我运气真好，得了一百块钱奖，我就用一百块钱买了这条裙子，和妈妈那条烫坏的白裙子一模一样的。你把这条裙子送给妈妈，妈妈一定不会和你吵架了。

这时候，厨房里的妈妈走了出来，妈妈已经听见了亚亚的话。妈妈把裙子接了过来，问亚亚，这是真的吗？真的是你买的吗？亚亚眨了眨眼睛说，是真的呀！妈妈你摸摸看，这是新的呀！

妈妈把亚亚拉了过来，把脸贴在亚亚的头上。亚亚感到额头上有些湿漉漉的。亚亚抬起头，看到妈妈擦着眼睛对亚亚说，亚亚，你是好孩子，很懂事的好孩子！但是你说了谎，爸爸已经到学校去过了，知道你向同学借了钱……

亚亚哭了起来。

爸爸拿来毛巾，给亚亚擦了眼泪，又用粗大的手摸了摸亚亚的头。

吃晚饭的时候，爸爸说，亚亚我跟你拉钩，大家讲话要算数，以后我不再跟妈妈吵嘴了，你也不许说谎了。明天把借同学的钱都还掉，好不好？

亚亚点了点头，把手伸给了爸爸。这时妈妈也把手伸了过来，三个人的手拉在了一起。

　　这天晚上，亚亚做了一个梦。梦里，他和爸爸妈妈坐在小船上，爸爸妈妈把船划得飞快，他坐在船头，大声唱起了歌。

有人叩门

一个夏日，一个陌生人找上门。

衣衫不整，手上拎着两只装过涂料的塑料桶，里面盛满杂物。见到我，他略显腼腆，掏出一本杂志，说是上面有我的简介和地址，他在对面弄堂里帮人打工，正好找上门。他说，在乡村小学读书时作文受到老师表扬后就开始喜欢写作，可惜家里穷，只上了一年初中便辍学了，但他不改志向，一直坚持写，曾参加过征文比赛，还得过奖，就是投稿无数从未发表。这次下决心写了一部书，问我能否帮他看看，再帮助推荐发表或出版。

显然是乱投医。我一介布衣，能力学识都浅，怎敢指点迷津度人彼岸？只好问问近况。

倒也坦率。安徽人，37岁，离了两次婚，两届妻子皆嫌他不务正业，养不活家，三个孩子由他种田的父母带着，他被家人赶出打工，又常被工头除名，这次又被辞，原因还是干活不靠谱。

听后，五味杂陈。想起熟悉的两位老编辑说起的故事。一位负责编发小说的编辑，八十年代初收到某山区一位作者的来稿，觉得作者潜质可挖，于是让他按意见一遍遍修改后，发表了他的处女作。过了一年，这位作者风尘仆仆扛着两只羊腿找上门，来谢他的"再生父母"。原来这位作者，因小说发表在大上海，轰动县城，被认为是能人，于是"农转非"，调到县文化局，当了干部，专事写作。可谓一篇小说改变了一个人的命运。

另一位报纸副刊编辑，他的一位做点生意的朋友，忽一日爱上了写作，向他投稿，多次之后，这位编辑抹不开脸面，就替他伤筋动骨地修改后发表了一篇。谁知这一下，这位朋友来劲了，隔三差五携稿上门，弄得这位编辑不胜其烦，某一日，下了决心，对这位朋友摊牌：你搞写作不行，做生意行，精力放在恰当的地方，才不浪费生命。后来这位朋友听从劝告，不再染指写作，专心做生意，果然生意场上大有成就，而后非常感谢这位让他"回头是岸"的编辑。

眼前这位属哪类呢？我再问平时读点什么书，曾看过哪些名著，对当代文学有何了解，他均摇头，表情茫然。但他不解，征文得了奖，怎么投稿都不中呢？我说这奖也许是你付了参赛费得到的回报，此类收钱评奖大多是商业行为。一听此言，他顿时神情沮丧。

虽然有些不忍，但还是说了些心里话：我的能力不能给你切实的帮助。喜欢写作没错，但先要解决吃饭。一个有了孩子的男人没有家庭责任感是可耻的。好好找一份工作，踏踏实实干，劳动也会带给你写作灵感。工作之余，争取多看一点书，多学习多积累。不管成功与否，先把写作当业余爱好，自会轻松许多。

不知自己这番"好为人师"，是否"误人子弟"，但见他频频点头，我心稍慰。临走，他问我要电话，我略踌躇，还是给了他。送到门口，他突然对我说，老师你身体好像不太好，比照片上憔悴。不说老，用"憔悴"，恰当且婉转，我心生暖意。

此后几年，无消息。去年春节前，收到一张来自安徽的贺年卡，简单三行字：祝您身体好！家庭好！好人一生平安！看了署名，愣了一会，才想起，这是他。也许他生活已很踏实吧？

走远的孩子

　　她皮肤雪白，鼻梁高挺，头发蜷曲，酷似洋娃娃。两岁时，把阿姨叫成"阿奇"，我下班途经她家门口，她摇摇晃晃扬起小手"阿奇阿奇"朝我身上扑。要我抱她到对面商场兜圈子，那里的营业员全把她当宝贝。

　　三岁时，她见我剥毛豆，把我碗里剥好的豆一粒粒丢地上，我要她捡起来，她笑嘻嘻钻到床底下不出来。我无奈，想起书上教的一个法子，我躺在床上，一动也不动。她跑出来叫我拉我，我不应。她就开始捡毛豆，捡了几粒过来瞧瞧我，见我无反应，又去捡，最后把所有的毛豆都捡起来，捧着碗来叫我，于是我抱起她，亲吻她，对她说：以后要乖呀！她点点头。

　　五岁时，她把长条纸一正一反折起来，画连环画。她画她勤劳顾家的爸爸：早上出门上班去，下雨又折回来，收衣服、关窗子，再出门时，脚上皮鞋变套鞋，手里撑着一把伞。她画她懒姨父的星期天：十点起床伸懒腰、十一点吃早饭看报纸，午睡把姨父安置在一张古色古香的躺椅上，闭着眼，翘着腿，一把扇子掉地上……我们全惊呆，又笑翻，可这样考究的躺椅家中哪里有！

　　六岁上学第一天，测验得了一百分，她到幼儿园去告诉王老师，王老师奖励她铅笔和橡皮，她捧着宝物一路笑着唱着跳回来。

三年级时，某天考试结束后，久久不见她回家，一家人四处转，总算在长凤公园"勇敢者道路"上找到她。脸上通通红，汗水滴滴答，一人在疯玩。她母亲一根竹棒伺候她，她光喊疼不讨饶。我问她：值得吗？她眨眨眼说了句：总归白相过了呀！

初中时，她和我讨论起男孩，我随口说了声：像电视剧《包青天》里的那位"展昭"就挺帅气呀！于是她上了心，夏令营见到外校一位男生时，激动得马上给我打电话：找到"展昭"了！可是回到家却哭丧着脸告诉我：那个展昭像个木头人，一点不可爱。她妈妈忍俊不禁教训她，她把责任全推到我身上。一年后，我们再提此事时，她说：啊，我真有这么傻？

高中时，她温习功课，凭你窗外马路噪音，室内电视音响，她全然不顾，目光睥睨一切，一会儿沉思静坐钻题目，一会儿来回踱方步，大声背单词，踢倒塑料桶，飞起纸盒子。

大学了。家人在讨论一部电视剧，她冷不防插进来：傻女人才当第三者，拎不清！继而又冒出一句：女人重情，当然吃亏的总是女人啰！我们骇异：这孩子哪来的体会！她翻出一本外国书：看看，人家怎么说的！

她就这样长大了。很快成了一家跨国公司的白领，三日两头出远门。

她的成长，让我们欣慰；她的优秀，令我们骄傲。可是，突然间，她让我们陌生了。她出门时，远去的背影从不回头；发她短信问长问短，她的回复似电报；她对大人的关照叮嘱，不以为然，有时她用一种悲天悯人的眼光望着你，嘴里一声"晓得了"，心里跑马八千里。

去年三月她突然辞了职，一点不和我们商量。她说她要换一种生活，要去一个地方过几年。她准备了简单的行囊，一头奔向遥远而贫瘠的山区，去当一名支教老师。面对她的毅然决然，我们还能说什么呢！她确实大了，且天天在向上。我们唯有深深祝福！

处 方

　　清晨的阳光已经透过玻璃窗，洒落在写字台上。今天天气不错。穿上白大褂的郭申一边擦着桌上的浮灰，一边轻轻地哼着歌儿。擦完桌又抬手看了看表，离开诊的时间还早。

　　同事们还没来，屋子里很静。离开这张位子四年的郭申，今天的心情毕竟有点异样。四年前虽然已近而立的他，还是禁不起出国潮的诱惑，于是离开了新婚不久的妻子，去日本闯了东京。

　　圆一圆出国梦，也是男子汉的一种气魄吧？跌打翻滚的四年里，郭申有些什么收获呢？立身难、寻工作难，"艰辛"两字就不用提。弯着腰做人总算也挣了一点钱。见好就收吧，还好事先打过招呼，院里还留着他的位子。郭申现在坐在这张写字台前，就有了劳燕归巢般的安全感、踏实感。

　　八点过后，陆陆续续就有病人来了。郭申笑吟吟接待着每一位病人，很周到、很仔细。相比旁桌同事们的工作速度，他是显得有些慢了。郭申明白病人少是要影响奖金的，但他觉得，他只能是这样的速度。他在日本生过一次病，体验过日本医生的工作态度。

　　郭申上午的最后一个病人是个二十多岁的小伙子，病历卡上职业一栏是教师。青年教师诉说，感冒了一段时间看西医不见大好，所以来看中医。郭申望、闻、问、切"四诊"之后就为小伙子开了方子。小伙子接了方子，似乎有些不大放心，连问两遍，能好得了吗？郭申笑了笑说，先吃三帖试试看，不行的话再换药。

看完这个小伙子，同事们已端着饭碗去食堂了。郭申这才想起，中午吃饭，饭票还没买呢。他下了楼梯，走到门厅拐弯处，就看到刚才的小伙子站在大门口，旁边多了一位姑娘。两个人的头凑在一起在看郭申开的那张方子。

姑娘问："是小医生吗？"小伙子说："年纪好像比我大，但肯定是新手，你看他写的字，一笔一画工工整整，有点像学生临帖，一点不潇洒，医生哪有这样写处方的！"，"有道理，医生的字都是龙飞凤舞潦草得看不清，这个人肯定刚做医生，没开过几张处方，嫩得很。""那你看这药还配不配？"小伙子问。"吃错药比不吃还要不好，我看算了。下午你再换一个医生看。"姑娘很有经验地说。小伙子点了点头，随手就把方子揉成一团，丢在一旁。

他俩没有看到医生就在旁边。医生听了他们的话，脸色已不再晴朗。绿色的处方笺被捏成一团转了两圈正好落在郭申的脚前，郭申呆了一下就躬身捡起了纸团，又呆看了一会，突然向门外追去。小伙子与姑娘已经走远了。郭申追了两步停了下来。

郭申追上去想干什么呢？他想告诉那位小伙和那位姑娘：朋友，你错了！四年前，我的字也是"龙飞凤舞"的，初到日本，却是因为我"龙飞凤舞"的字填在履历书上，找工作屡遭失败。后来才得知，老板以字看人，认为我生性草率，马虎，与一丝不苟无缘……

寻找恋爱

留级生黄毛举着两张照片，在同学中手舞足蹈。我走过去一看，这不是我吗？还有一张照片，同样的背景，人是男的。黄毛说，看不出来呵，人家有男朋友了！想当大人了！大家嘻嘻哈哈都朝我脸上望，让我交代"恋爱经过"。

我想起来了，这是在"串连"时，在天安门前有个北京外国语大学的学生给我照了张相，又把相机给我，让我也给他揿一张，人家按地址寄过来了。我问，信和信封呢？黄毛说，她在门房间就看到两张照片，信和信封被人弄得烂糟糟扔在地上。

我回到家，照了一会儿镜子，想看看自己像不像有"男朋友"的样子。镜子里十五岁的人细得像一棵见不到阳光的向日葵，顶着个脑袋晃啊晃的，胸口平平的，不像个当大人的样子啊！

但是，仿佛是一颗沉睡的种子，被流言催发了似的，我开始考虑"恋爱"这个问题了。我在偷偷读《牛虻》这本"资本主义的大毒草"，感到革命并不排斥恋爱，牛虻爱琼玛，琼玛也爱牛虻，又革命又恋爱真是一件有趣的事情。可是周围都是些讨厌的男孩子，这个太傻，见到女孩装着没看见，那个胆大，整天与人打来打去像只猴子精。没一个好的！初二的冯为国倒是有几分喜欢，作文写得很好，被语文老师当做范文在班上诵读，但人不坚强，"串连"时，他的两只符离集烧鸡吊在车厢挂钩上，不当心飞到了窗外，他竟号啕大哭。

我思前想后，感到自己心中还是热爱解放军，就像歌曲里唱的：一颗红星头上戴，革命的红旗挂两边。多么威武！多么神气！可是马路上的解放军我又不认识！

机会来了，家里收到一封远方来信，信是我的奶妈叫儿子写来的。奶妈"文化大革命"刚开始就回乡了，信里夹着一张照片，照片上，奶妈旁边站着个英武的解放军。原来这是奶妈的儿子小八子在南京参了军。真是天上掉下的一个解放军！我兴奋极了。妈妈让我写封回信，我动了脑筋，写了一篇优美的作文，在信末还加了两句口号：向解放军学习！向解放军致敬！

小八子从部队给我寄来了领袖照片，还有《毛选》，我给小八子写信请教学习《毛选》的经验。我问小八子在部队里具体干什么的，他来信说这是保密的，我觉得小八子革命觉悟真是高。有一天小八子突然找到我家里，他是回家探亲返部队路过，火车签了站，特地来看我这个妹妹的。

小八子从挎包里摸出十个煮鸡蛋，谈了十分钟学《毛选》，就要走了。我送小八子到汽车站，谁知他却让我上车。我上了车心里跳得慌，因为我口袋没有一分钱，我想车票应该由我来买。心思想到一半，小八子早买了票，一直到了月台，火车要开了，小八子把手伸给我握了一下，突然，他一个立正，向我行了个军礼。

回家路上，我走了一个多小时才到家。天也完全黑了，爸爸妈妈回家饭都吃好了。他们等我吃完饭，把我叫到另一间房间，爸爸说，你神色不对呀，小小年纪在搞什么名堂？你和小八子是怎么回事啊？我有些难为情，分辩道，没什么，真是没什么，我们只是通了几封信，谈谈学习《毛选》的体会。爸爸笑了起来又严肃起来，说，再这样谈《毛选》谈下去就没有心思学《毛选》了。爸爸没收了小八子的全部书信，又说以后不准再给他写信，他是解放军也要集中思想干革命，以后他再来信，我来给他写回信。

果然小八子不再来信了，我猜出是爸爸搞的鬼，心里骂了一会儿爸爸，又暗暗发狠，现在不让我和小八子好，以后长大了还是要找解放军的。

　　又过了几年，我从一个亲戚口里听到，小八子复员回乡了，在家乡进了农机厂，比部队里干的工作要好，他在部队里是养猪的。我听到这个消息，愣了好一会儿才把小八子骂了十遍，又笑了一通：什么保密，养猪也要保密，猪是新式武器吗！我还当你了不起呢！再后来，小八子的影子在我脑子里，远了、淡了、没了。

　　十多年后，我找了个不是解放军的人，他问我，你有没有初恋？我说有个养猪的解放军小八子，和他通过几封信，议论过学《毛选》的经验，还跟他握过一次手……他听了笑得眉毛一跳一跳的。

缸里的鱼

　　城市的天空，灰蒙蒙的。上班、下班，老卫骑着一辆老坦克穿行在人流中，闻形形色色比他高贵的交通工具的臭屁。回到家里，妻子反对抽烟，烟瘾发作，老卫就只好躲在没有窗户的马桶间里污染自己。

　　生活真累！老卫在某一天，终于接受了一位连襟的建议，养几条金鱼玩玩，放松放松心情。这样，劳累了一天回到家里的老卫，坐在沙发里，眯着眼，观赏鱼缸里的那几条悠然自得的鱼，心里有几分惬意。老卫闲着喜欢将面包撕成碎屑一点一点丢进鱼缸里，看着鱼儿们欢奔乱跳抢食的劲儿，老卫就欢喜地念叨：宝贝们，不要抢，不要抢，粮食会有的，面包会有的……

　　养了鱼，连同事们都觉得老卫的性格开朗多了。这天，老卫正冥思苦想为领导起草发言报告，隔壁就传来了同事欢快的笑声。原来领导宣布了一个消息：一个外省市的对口单位，邀请他们部门去考察三天。那是个山清水秀的名城，领导这次放宽尺寸，全部人马都去乐一乐。

　　老卫还没来得及反映，领导就笑眯眯踱过来，拍拍老卫的肩：你就辛苦了，不能去了，这个稿子马上就要用，还有一个稿子我回来就要用。老卫能说什么呢！老卫的地位决定了听命服从是唯一。谁让你那么无能只会做不会拍！谁让你没有背景专门伺候人！谁让你那么倒霉，分房提级的事都轮不上，隔三差五开夜车休息日加班加点一无分文的事全摊上！

　　这一天老卫把脑子里储存下来的所有不愉快都串在一起，摧残自己的心境。骑车回家路上也有点神思恍惚。车子漏了气，刚停下来，就有人向他兜售鱼虫，平素，老卫是舍不得买虫喂鱼的，老卫想，能吃上面包就不错了，我个大活人有时还吃泡饭呢！现在，老卫竟鬼使神差般，一点不还价，拎起一袋鱼虫就走人。

　　到了家，老卫赶紧将鱼虫洒向鱼缸，见鱼儿们你抢我夺的猴急劲，老卫笑了起来。但看着看着，刚松弛的老卫又看出气来了。两条小灰鱼怎么也抢不过两条大红鱼，大红鱼边吃边驱赶着小灰鱼。

　　我叫你吃！我叫你吃！认真生气的老卫立刻采取行动，找出一个搪瓷碗，将两条大红鱼捞了出来。没有了大红鱼的霸道，两条小灰鱼变得空前活跃，放大了胆子尽情地享受这顿丰裕的美餐。

　　老卫看得解了气，就去侍弄自己的晚餐。等吃完饭，收拾盆碗时，才发现自己的疏忽—搪瓷碗里的两条大红鱼被他干晾着，已安安静静升了天。更想不到的是，第二天早上，两条小灰鱼也朝天翻了白肚皮——给一顿大餐撑死了！

　　老卫真是欲哭无泪，老卫深感自己无能。老卫把死鱼倒了，把缸刷了，用纸包好，准备还给他那位好心的连襟。

　　接下来的几天，老卫的心情可想而知。直到第五天，老卫的心情才放晴。五天后，考察该回来的领导和同事一个也没回，全在当地医院住下来吊盐水——全给不洁的生猛海鲜弄病了。开朗后的老卫，回家路上，又拎回几条金鱼，这回，他觉得他已有足够的经验，能养好缸里的鱼。

教我如何不宠你

女人已经三十出头了，还是那样的孩子气，那样的自我感觉良好，仿佛青春得十八似的。孩子气，天真点，他是喜欢的。但是那样爱打扮，他开始反感了。

此刻，俩人从书店出来，妻笑着拉他进了旁边一家品牌服装店。她说，就进去看看吧，看一会儿就出来。他无奈地耷拉着脑袋，耸着肩膀，极不情愿地由她牵着像个木偶似地跟了进去。

她的眼睛在一排排衣架前扫描，突然，她的脸灿烂起来，那是一条色彩明丽、裙摆宽宽、腰身窄窄的背带裙。她欣喜地拎起裙子，朝身上贴了贴，问丈夫：你看这件怎么样？他看了看衣架上的标价，苦笑起来：388元。数字听起来自然是大吉大利，可是也贵了点呀！不是说一定买不起，但这条青春态的裙子，即使今天买了回去，谁又能保证她穿了一两次一不顺眼了，又束之高阁填衣柜呢？他瞧了一眼满心欢喜的妻子，皱了皱眉说道：这好像是小姑娘穿的，大学生穿穿还可以，你不太合适吧？"谁说我不能穿？人家都说我年轻……"她还没反驳完，笑容可掬的女营业员已走了过来，女营业员说，很喜欢是吗，试试看吧。女人用目光探寻着丈夫的眼色。

突然，一个念头，不，是一种灵感上来了。他对营业员说，她这样的年龄穿这种裙子不合适了，你猜她有多少年纪，她已经四十岁了！这些话，是从他嘴巴里一口气窜出来的。她惊讶极了，简直是呆傻了，愣在那儿，一下子不知说什么才好。女营业员也惊愕了，上下不停地打量着她，"哎呀，你真年轻呀，一点看不出有四十岁，保养得真好啊！"声音里透着真诚。他很得意地问，那么你看她有多少岁？"我看么，也只有三十来岁，顶多三十出头，绝不会超过三十五！"营业员很认真地回答。他哈哈哈笑起来，她尴尬极了，想张口吐出点什么，然而，喉咙口却被一股怨气堵住了。她落荒而逃。

回到家里，她憋了好久的眼泪终于下来了。"不让买不想掏钱就明说，为什么要说老我十岁败坏我心情！我老了十岁你很开心呀……"她气呼呼地大声责问。不要生气，不要生气！他为她端来一杯水。我这个小小的计谋，只是想让你听到别人口里去掉浮夸之后真实的声音。我如果告诉她你真实的年龄，她出于恭维，难免要少说你几岁，也许会说你只有二十四五岁，你好话一听，头脑一热，就容易辨不清自我，我怕你变傻，才这么做……

你才傻，你才是个呆子！一点都不懂人心，不懂女人的心思，你砸碎了别人的梦，还以为很聪明呐！还想当作家呢！她仍是气呼呼的。晚饭后，她一反常态，不再收拾碗筷，只捏了本书，早早躺倒在床上。

他手忙脚乱地收拾洗刷好碗盆，回到书房，捻开台灯，准备写作。刚铺开纸，一个外地电话打了进来。他听完电话，情绪一下子激动起来，眼睛也潮湿了。他在屋里踱了两个来回，然后抹了一下眼睛，跨出了书房，进了卧室。

刚才电话里，那位编辑的声音仍在耳边回响：你有一位好妻子呵！原来，他的一篇小说，早在两个月前编辑部就来了退稿函，说稿子不太合适，不用了。那天他不在家，妻接到退稿后，立即打电话央求编辑老师能提些具体的意见，希望再给作者一个修改的机会，不要一下子"枪毙"了，她告诉编辑，她的丈夫一直做着文学梦，写小说，刚刚起步，但她相信他是有潜力的，现在他特别需要鼓励，需要信心。后来，妻子只告诉他，编辑部来过电话，说稿子不错，让他再从哪几个方面修改一下就可以发表了。这样，才有了后来的这篇成功之作，才有了今天这个报喜电话。那位老编辑说，你要谢谢你的妻子，我也要谢谢她啊！谢谢她帮助丈夫成就了一篇好小说。

床上的妻子已睡着了，手中的书掉在了地上。他弯下腰，捡起书，又小心翼翼地把妻子祖露在被子外的一只胳膊放进被窝，他凝视着妻子，从心底里喊了一声：好女人，你是我的老师呵！他在心里说，放心吧，今后我会好好宠着你，让你一生一世有美梦，永远开开心心地年轻着，明天咱就把那条裙子买回来！

在水中央

    十年前我到这家医院去实习，接触到的第一位病人是位老太太。那是一个夕阳下的黄昏时刻，病员们大多已在用餐，草坪上只有一位病人孤零零地伫立在花坛前，她的背影美极了。

    老太太患的是心脏病，退休前是博物馆的资料员，听说她是孤身一人，她的亲人都在国外。老太太经常需要躺下来休息。可是只要能坐起来的时候，她必定是握着一本书，一本英国作京笛福的《鲁滨逊漂流记》。我猜不透这本已经不新的小说为何令她如此着迷，对着我的好奇，她说她年轻时就喜欢这本书，它是她的伴。

    我发现寂寞的老太太还是非常爱漂亮的，常常是对着一面小镜子，用一把小巧的黄杨木梳，极有耐心地，一遍又一遍梳理着灰白的头发，头发挽成一个发鬏，上面插一支银钗，很别致。梳好头发，然后取出一支唇膏在嘴唇上轻轻地描两下，再打开一只胭脂盒，用手指蘸两下，抹在手心上，而后用手心在两颊轻轻旋几下。这样一来，苍白的脸上就有了血色。那些年，化妆打扮还未成时尚，特别是能这样对待自己的老人还是不多见的。有一天，我对她说："您真美呵！年轻时一定更漂亮！"她望着我笑了，然后轻轻说了一句："要靠化妆，已经不美丽了。"听着这样的话，使我也有了伤感，生命就是这样匆匆啊！

有一次昏迷醒来，她嘱托我替她买几叠纸来。此后，她就倚在床上常常握着笔，我问过她是写信吗？是写给国外的亲人吗？她说，不是，她说她年轻时曾在南洋生活过，从懂事直到回国，有过二十多年的国外经历，她想把这些写下来，作为她生命年轻过美丽过的证明。她写得很累，我劝她停一停，她说上帝留给她的时间不多了。

　　生命终于临到尽头，又一次的发病醒来，已进入弥留状态。护士长要她把国外亲人的地址给她，问她是否要发电报给她的亲人。她说不必了，真的不必了，他们都很忙。只要通知一下她的单位即可，丧事一切从简。最后，她用断断续续的声音对我说："小姑娘，你爱读书，写作，我写的那些就留给你，留给你做个纪念吧。"

　　目送她离开人世的时候，只有我们几个熟悉的外人。

　　后来我读了她留下的笔记，这是一部自传。她的文字很优美，记录了她在国外的生活状态。让我深受感动的是她美丽的爱情故事。她二十岁的那年，在一次孤身旅游途中，旧病复发昏倒在山路边，是一个搞摄影的小伙子救了她，小伙子忍痛撂下了沉重的摄影器材，背着她走了十多里的山路，送到一家医院里。等她恢复了健康，两人已是难舍难分。他们都喜欢读游记作品，尤其喜欢笛福的《鲁滨逊漂流记》，她亲切地戏称小伙子为她的"星期五"。结婚后，小伙子遵从了医生的嘱咐，为了她的健康，放弃了当爸爸的权利，他们恩爱异常，生活得很幸福。不幸的是，她的"星期五"在一次航海旅途中遇了难。

　　这个凄美的故事始终缠绕着我。几年后我调入一家杂志社任编辑，第一次发稿的时候，就想到了老人留下的故事。我编好了这篇稿子署上了老人的姓名——曾莲。我在编后记里写了这样一段话：这是一位归侨老人留下的真实故事，老人弥留之际没有一个亲人为她送行，她把遗稿留给了我，我与她的相识只是偶然，但她的人生故事却让我难忘。

　　我编发这篇传记，心中还存着一丝念头，幻想有朝一日，她的亲人或熟人看到了她的文字，能找上来，在她的墓地静默一会，献一束鲜花。然而这也许只是我的一种奢望。

可是，去年五月的一天，我的一位初识的外地作者忽然从千里之外打来一个长途电话，他很激动地告诉我，他父亲的一位朋友读到了这篇传记，夜不能寐，他是曾莲过去的熟人，也是一位归国华侨。

两周后，我接到了这位老人的信：

"看了《传记》上曾莲的文字，我很激动，多年来我无数次托人打听她的下落，可是一直没有音讯。我和她五十年前同在马来西亚《隆生报》供职，我很熟悉她。只是她的爱情生活远没有那样幸福。她是一个孤儿，她和'星期五'结婚后，因不能生育，第二年在公婆的干预下，便离了婚。离婚后她一直独身。'星期五'很快又结了婚，结婚后携同新妻在一次航海旅游中遇难。'星期五'遇难后，曾莲有一个星期没有进食，第二年便悄然回了国。这位可怜人的心里，永远装着她的'星期五'，她的随身包里总放着她的丈夫留下的那本《鲁滨逊漂流记》……"

我读不下去了，眼前又出现了这样的画面：她取出一支唇膏，一点胭脂，她一点一点精神起来，苍白的脸上有了红润，而后又说了一句让我伤感的话来，"靠化妆，已经不美丽了……"

我的思绪曼舞起来，泪水模糊了双眼。美丽，对于女人究竟是怎样一种情结呵！

盏杯与盏托

    雨茗老人一身红装端坐在上席，今天是她九十岁大寿。小辈们的孝心让这一天变成了一个隆重的节日。屋子里张灯结彩，一个"寿"字占了一堵墙。

    开席了，九层大蛋糕上点燃了九支大红蜡烛。小重孙叫道：老太太快吹蜡烛，还要许个愿！刚下飞机赶回来的孙子在一旁应和着：对对对！许个愿，马上就实现！

    老太太颤巍巍地起身吹灭了蜡烛，说道：到了我这个年纪，还会有什么愿呢，我现在只希望小辈们个个一生平安便是福了。说罢，老太太眼里竟有了泪。

    这个家里除了黄毛小儿，谁都知道老太太这一辈子熬过来不容易，一生到老还有个大愿未曾了啊！

    那年，十七岁的雨茗出嫁了。杭州城里颇有名气的茶庄陈老板突然间要把独生女儿远嫁到天津去，在当地也算是一桩传奇了。

    雨茗娘哭得死去活来，倒是雨茗伤心了一阵后也想开了。爹爹出门在天津，路上碰到了强盗，是一个陌路人舍命相助才得救，爹爹无碍，救命恩人却受了重伤。爹爹无以为报，就将女儿的终生许给了恩人十八岁的儿子。爹爹说，乖女儿呀，那是个知书达理的好后生，爹见过。人若不周正，爹也不会轻易将女儿许人的，只是离娘家远了些。

出嫁的日子到了，娘家为雨茗准备的嫁妆差不多装满了一只船。雨茗穿上新嫁衣，头上盖了红绸巾，由婶娘搀着上了花轿。

轿子到了江边，那里停着夫家开来的一只迎新船，上百箱的嫁妆开始往船上装。渐渐停止了哭泣的雨茗悄悄掀开红头盖，又撩开轿帘往后偷偷看新郎，突然见到一辆马车正载着爹爹急匆匆往这边赶来。

爹爹下了车，将一只用绸缎裹着的锦盒从轿门里塞到雨茗手上。原来是一套茶盏：盏托盛着盏杯。雨茗知道这套祖上传下来的越窑青瓷，一直是爹爹朝夕捧在手上的宝贝。

爹爹说，女儿远嫁，爹爹送个念想，往后看到这盏托和盏杯，就如看到你的爹和娘。还望女儿与官人要像这盏托和盏杯那般相敬相谐，官人若是盏杯，女儿便是这盏托；女儿若是盏杯，官人就是这盏托，要一辈子不离不弃才好……爹爹末两句声音响了些，也是说给轿外的女婿听的。

婚后，小夫妻俩果然相亲相爱、形影不离。常常是杭州寄来的新茶一到，俩人便把这茶泡在越窑盏杯里由盏托托着，夫妻俩一声"娘子请"，一声"官人请"，你一口我一口。新官人更是一边品茶、一边爱不释手地抚着盏杯釉润似玉的瓷。

过了一年，雨茗生下女儿，第二年又生了个胖小子。儿子快满周岁的时候，官人奉父母之命出门到乡下去，去请族里的亲戚来喝儿子的周岁酒。官人临走时，雨茗让他带些茶叶去，让亲戚也尝尝杭州的新茶。官人便把盏杯也带了去，他已用惯了这盏杯。

从城里到乡下不过百里，可是官人去了好几天，直到儿子周岁那天还没回来。一家子急了，再去打听，说是根本没来过！后来传来消息，乡下有后生走在路上被抓了壮丁，大家估计雨茗的官人也遭了同样的厄运。

从此，雨茗的官人就再也没回来，托人到处打听也无丁点消息。从此伴随雨茗的除了一双失去父亲的儿女外，便是流不尽的眼泪和挥不去的思念。

孙子长大后，爱上了收藏。知道了盏托和盏杯的故事后，抱着幻想，曾各处拍卖行流连，想寻到那只越窑盏杯，了却祖母的心愿。

见老太太伤感着，一旁的孙子放下了手中正切着的蛋糕，起身将刚带进门的一只匣子打开。老太太揉了揉眼睛愣住了！孙子说，这是我刚从香港拍卖会上花了三十万元拍下的，我看这杯子跟咱家那盏托像是一对儿。

老太太怕自己人老眼花，忙叫众人翻箱子，把那只里三层外三层裹了又裹的盏托找了出来。奇了，果然是天造地设的一对原配！

大家欢天喜地，拍手称好。孙子说，奶奶您看我送您的生日礼物有多好！不料，雨茗老人却大恸悲号：东西在，人呢！人呢！官人啊，我的新官人！我一辈子的眼泪这盏杯哪里装得下呀……

桃李不言

　　谢老师教了三十年的书，现在终于要告别讲台了。

　　此刻，她的一些活跃在各行各业的桃李们接到学校发出的通知后，从各处赶来了。谢老师是远近闻名的优秀园丁，培养了无数好学生，也为学校争取了无数荣誉。因此，学校为她开的退休欢送会也格外隆重，大家都抢着发言。

　　谢老师看着，听着，笑着，渐渐地沉浸在往事中。突然，在她记忆深处有一个名字跳了出来。顿时，谢老师的心像被一件利器戳伤了，脸上有了痛苦的神色。

　　谢老师忘不了。

　　十多年前，一个老太太颤巍巍领着一个十三岁的瘦男孩找到学校。老人说，这是个苦命的孩子，没了爹娘来投奔奶奶，听邻居说这个学校不错，她想让孩子转到这儿……

　　晓刚来了。谢老师先给他洗了头，又给他敷了药——头上有很多虱子。谢老师为他补衣服织绒线。谢老师为他补功课也陪他看电影。渐渐地，小老鼠一样抖抖索索不敢抬头望老师的晓刚，脸上有了笑容，成绩也一点点好了起来……

　　谢老师还忘不了那件小事。

迎新年之际，不少同学都给老师送了贺卡。晓刚的贺卡是悄悄放在谢老师抽屉里的。贺卡上的词让谢老师感动："您是一棵大树，我们是您的果实。我们长大了，您累了。"谢老师拿着贺卡找到晓刚说："老师真为你的懂事而高兴，可是为什么要买这么豪华的贺卡呢？自己做的不是更好么？"

一旁的女同学小英看到这张贺卡，却叫了起来……

事情就是这么糟糕，一张贺卡竟是从同学小英书包里偷来的！晓刚哭了。他说他没有钱买一张好一点的贺卡。谢老师也伤心了，泪眼对泪眼，晓刚作了保证，以后再也不做傻事了，再也不会让老师伤心了。

可是谢老师怎能料到，多年前，她生了一场大病，刚从医院回来不久，就听到了这样一个消息：他教过的一个学生，曾经视他为亲人的晓刚因犯了盗窃罪被判了刑……谢老师伤心得想不通，一遍遍念叨：怎么会呢？怎么会呢？

谢老师的思绪被一阵热烈的掌声打断了，大家都要谢老师说几句。

"怎么说呢？"谢老师激动了，"其实，在我的教学生涯中，也有过败笔。我的一个学生，一个叫晓刚的学生，如果今天他也能出现在这儿，我真的没有遗憾了，可是……"谢老师的声音有些哽咽了。她的学生，过去和晓刚同桌的小英轻轻拉住了谢老师，要老师坐下。

听完小英的陈述，所有人的心仿佛都被灼伤了。谁能料到，好几年前，谢老师住院换肾的那笔钱，有一部分竟是晓刚偷来的！他听说换肾需要那么多钱，学校正在募捐还不够，身为大学生的晓刚就铤而走险了，他撬窃了一家商户把偷来的钱，化名"郑义"从邮局汇向学校……

小英说，现在他出了狱才把这些偷偷告诉我的。他说审讯时，他一直没有说出来，他是怕传到学校里让谢老师伤心……

由一盘牛肉引起

一盆牛肉上桌，男人女人各夹了一块。

女人：这牛肉味道怎么变辣了？让你加点五香粉，你搞什么鬼！

男人：我加了点辣椒粉，吃起来刺激点。

女人：牛肉只能加五香粉，加了辣椒粉算什么五香牛肉！

男人：现在饭店里的菜都喜欢加辣椒粉，吃起来有味道。

女人：你喜欢有味道，到店里去吃好了！

男人：我喜欢在哪里吃就到哪里吃，再说这是我自己的家！

女人：在自己家里，就要遵守家庭规则！

男人：我怎么不遵守家庭规则啦？只不过牛肉里放了一点辣椒粉，这点自由就没有啦？

女人：我不喜欢吃辣，你考虑过我没有？

男人：你不吃的东西，也要别人跟着你不吃，为什么处处要称你心，你考虑过你丈夫没有？

女人：你还知道自己是丈夫？你不是不知道我不喜欢吃辣，你是存心让我不适意！

男人：我怎么啦？我犯了什么罪？我只不过加了一点辣椒粉而已，你就这么上纲上线，我看你才是不想让别人好好吃饭！

女人：这不是一点辣椒粉的问题，这是你心中有没有老婆。你的良心让狗吃啦？是谁一天到晚辛辛苦苦买菜、烧饭、洗衣，供你吃喝玩乐？你不体谅女人，反倒无事生非找茬子！

男人：你辛苦，我倒成了游手好闲之辈啦？你忘记啦，谁对家里贡献大？谁挣的钱多？你身上穿的、戴的，钱从哪里来的？

女人：照你这么说，我是靠你养的？现在我把戒指项链还给你好啦，你爱送给哪个女人现在就去送。你当我养不起自己？

男人：你真疯啦！我看你是好日子不想过了，没事找事！告诉你，不要惹我心烦！

女人：你才疯了！哈哈，我早知道，你心烦啦，看着不顺眼。早说好了，我让位，即刻让位，省得成你眼中钉！

男人：我看你才是早有人了吧？出来亮亮相，让我看看，我也挪窝，腾出来。

女人：你不要脸，欺人太甚！明天就散伙。

男人：是你先说我的，怎么啦，还要让我向你道歉？你想散，就散吧！

女人：散吧！当谁不敢，说出的话别收回，收回就不是男人啦。

男人：你那么横、那么凶！散了，看你找得上什么主！

女人：死了张屠夫，不吃混毛猪，是你逼我的。

男人：不要把话说绝，别后悔！

女人：别啰唆！明天一早民政局见。

男人：哼！去就去！谁怕谁！

第二天，男人和女人去了民政局，领了离婚证书。两张离婚证书，留给他们的儿子一个大大的问号。八岁的小学生在课堂上常常思考这个问题：大人为什么这么笨？一盘牛肉，取出来一半，想吃辣的加辣，不想吃辣就不加，不就成了吗？

掌　声

那是一个晴朗的天气，我站在三尺讲台前上历史课。我虽踏上讲台不久，但班主任的角色加以不错的授课方式，我的课可以说上得得心应手。

我绘声绘色的讲述，抑扬顿挫的语调，使自己和学生都似乎进入了那遥远的古战场。

突然，门被推开。一声"报告"，把我和学生惊醒了。我打量着这个年级里颇有点名气的差生，严厉的目光足足盯了他五秒钟。直到他把头低了下来，我才继续讲课。

仿佛一台好戏被一记不协调的锣声搅了一下，我的心情也不那么晴朗了。到学生做练习的时候，我找这个家伙算账。

"为什么迟到？"我声色俱厉。"我，我回家拿练习本了。""练习本呢？"他开始装模作样，上上下下搜口袋。

"丢了，对不对？"我冷笑一声。他的手停止了动作。"你家离学校步行只要十分钟，而中午吃饭连休息有一个半小时，你又作何解释？""我，我后来又上了厕所……""你上了几次厕所要这么久！拉稀吗？"

全班学生忍不住笑了起来。他的汗渗了出来，手却抓起了头皮。我知道他又要开始编谎了。

我上上下下打量着他。蓬头垢面，满身尘土，一只脏手臂上隐约有些红肿。

少年梦・青春梦・中国梦——中国故事
[徐慧芬] 青青的果子

"说，又和谁打架了？""不认识的人。"他沉默了一会儿，犹犹豫豫说出口。

"为什么打架？"我又问。他不语。"你要老老实实交代犯错误的经过。"我盯着他的眼睛。

他的眼睛眨了会儿，终于说出了打架经过。事情很简单。他走在路上，有个骑车人不小心摔倒了，自行车倒在他脚上，他就打了人。

下了课，我叫他到了办公室，训斥，又苦口婆心晓以道理，再让他写检讨。这一套程序之后，我疲惫地坐在椅子上，苦恼地想，这个王强何时才能变好呢！

下了班，当我走出校门的时候，迎面一位老婆婆拦住了我。老婆婆手拿一本练习本讲起了我怎么也没有料到的故事：

中午，她和老伴一前一后走在路上，她的老伴被一辆飞驶而过的自行车撞倒在地，那人见周围行人很少，就准备逃跑，正巧被后面的一个学生看到了，就飞快地追了上去，拽住了肇事者，然后再打电话找救护车，协助老婆婆把老伯伯送往医院。老婆婆问学生是哪个学校的，他不肯说，是丢在地上的一本练习本，让老婆婆找到这儿的。

我的心不平静了。第二天我找了王强。"做了好事，为什么要隐瞒，还要扯谎呢？"面对相处了一年的王强，我的脸上第一次有了笑容。

他愣了好一会儿，才喃喃地说，我就是讲了，你和同学也不会相信我的，我在大家眼里一直都是……我讲做了坏事，大家才相信……

听了他这番话，我沉默了好久。各种滋味涌上心头。

半小时后，我终于牵起他的手，进了教室。面对几十双眼睛，我讲起了事情的经过。在检讨了自己之后，我终于第一次声情并茂地表扬了这个"差生"。

雷鸣般的掌声从几十双手中飞了出来。王强的脸涨得通红，而我的双眼早已湿润。

二十年后，当王强作为功成名就的校友被请到学校作报告的时候，他动情地说，当我以后获得每一次掌声的时候，我的耳边就会想起那属于我的第一次掌声。

新伊索寓言（续篇）

报恩的老鼠

狮子睡着了，一只老鼠跳到他身上。狮子给弄醒了，立刻把老鼠捉住，要吃掉它。老鼠请求饶命，说将来会报答狮子的恩情。狮子朝它笑了笑，把它放掉了。后来狮子被猎人捉到，用绳子捆在树上。老鼠听到狮子的叹息声，跑过来咬断了绳子，把狮子放跑了。老鼠说："你当时笑我，以为我报答不了你的救命之恩，现在该晓得我还是有用的吧！"

狮子说："你说得对，真该谢谢你！不过你能不能再帮我一次忙呢？"老鼠问："还要我帮什么忙呢？"狮子说："我现在肚子有点饿。"见老鼠不解，狮子便张开口往老鼠身上靠。老鼠顿悟。忙说："且慢，先说说道理，我再献身不迟。上次你没吃掉我，这次我救了你，咱俩扯平了，你怎能再吃掉我呢？再说，你一会儿放了我，一会儿又要吃我，这算怎么回事呢？"

狮子笑笑说："上次我肚子还不饿，现在是真饿了，再说你也该懂得什么叫弱肉强食吧？"

老鼠没等狮子说完，一溜烟逃走了。逃走后的老鼠以后只要听到有人称"鼠辈"，气就不打一处来。老鼠愤怒异常："什么叫鼠辈？难道那些威猛的大家伙里就没有小人吗？"

真　理

　　有人在荒僻的地方走路，看见一个女子独自站立着，眼睛看着地下，就问她：你是谁呀？她说："我是真理。"那人又问："你为什么远离人群，跑到这么荒僻的地方来？"她回答道："古时候，虚假只在少数人那里，可是现在多数人那里都有了虚假，我只好远离他们了。"那人叹了口气对她说："你呀，真是老了，还不知道现在已有了许多新的真理。比如，我认识两个人，一个靠坑蒙拐骗贩卖假货发了财，有人说他昧良心。"他说，良心算什么东西呀，有钱就是真理！另一个人，靠弄虚作假欺上瞒下，掌了点权，为非作歹，还叫嚷：什么叫真理？有权就有真理！

　　那人还想讲下去，再一看，女子不见了。

成语新编

鹤趴鸡群

战争。纷乱中，一只鹤被关进了鸡棚。鹤立在鸡群中十分显眼，大家都看不惯它。

鸡说，本来我们并不矮，你一来，我们就矮了。我们的矮，你是要负责任的。

喂食的主人说，我主宰鸡，我只给鸡食物吃，你是鹤，不应该吃鸡食。

然而鸡棚锁着，鹤出不去。为了有口食吃，鹤只好趴下来。趴了下来，鹤就和鸡一般高了。因为与鸡一般高了，主人也就把鹤当成鸡了。这样，鹤在鸡棚里，总算也分得了一杯残羹。

有一天，鹤听到了空中几声清亮的鸣叫，抬头一看，那是它失散多年的伴侣。鹤不禁悲从中来，抬头长啸，泪如雨下。

棚中的叫声，招来了空中的伴侣。

伴侣飞了过来。趴着的鹤颤巍巍想站起来，然而挣扎了几次，都跌倒在地，它的腿骨已经萎缩了。

它的伴侣看到了这只再也站不起来的棚中鹤，洁白的羽毛已染上了杂色，鸣叫的声音似鹤似鸡。

风声中，棚内棚外的鹤都掉了泪。伴侣离开时，除了伤心，脑子里还有个问号：它还算不算我的同类呢？

与虎换皮

森林里举行"选美"大赛。根据美的不同程度，可封为超级美人、顶级美人、特级美人、高级美人等。

一只赖猴，也想参加选美，林中美人们都笑它：瞧你这猴样，也不撒泡尿照照自己！

赖猴很不服气，但它很聪明。赖猴想，这次选美赛，评委主任是老虎，自然老虎是最漂亮的美人了，我何不向老虎借块皮，朝身上披一披，躲过众人眼，不也可以弄个美人当当吗？

赖猴找到老虎说明来意。老虎觉得好笑："你这不是与虎谋皮吗？你难道不知道我的厉害吗？"

赖猴叩头跪拜："大王陛下，这次选美，有关我一生的荣誉和待遇，您只需要忍痛割爱一下，拣尾巴上不重要的皮借我一点用一用，而我愿意把脸上的皮，贡献给您当点心。另外，只要我选美成功，我将永生不忘您的恩典。今后您就是我的如来佛，您叫我朝东，我绝不朝西，您叫我跪着，我决不爬起。"

老虎一听，赖猴平常虽然调皮，但现在倒是乖巧，从长远利益看，这桩交换还算实惠，尾巴痛一点也不算什么。

老虎慈悲为怀，对赖猴说，你也不必割掉脸皮贡献我，就把你屁股上的皮割下来换我尾巴上的皮，大家互不吃亏。

双方都割了皮。猴子取了老虎尾巴上的皮朝屁股上贴。老虎一看又笑了："都说你聪明，其实笨得出奇，选美是看脸还是看屁股？"

赖猴顿悟，忙把虎皮用胶水粘在脸上。

选美大赛时众评委看到赖猴脸上的虎皮和屁股上的红疤，觉得更难看了，但碍于"虎"面，还是把"美"的称号给了赖猴。

　　选美结束后，赖猴觉得虎皮粘在脸上怪不自在，一把扯了下来。但"美猴王"的称号却保留了下来。

动物话题

孔　雀

孔雀的确是美的，特别是开屏的时候，那是美的顶峰。人们到了动物园里，见到孔雀，往往会用美色逗引它开屏。经不起诱惑的孔雀开始激情高涨，继而扯起长裙，翩翩起舞。在人们的一片欢呼声中，它陶醉了！它开始一百八十度转身，三百六十度旋转。于是，人们看到了它一片锦绣的后面——丑陋的后窍！

孔雀开屏给人的启示是：亮相展现，不可得意忘形毫无节制。美丑往往一线之隔，当你张扬跋扈毫无顾忌逞能时，美的背面——丑，尾随来了！另则，本分地守着一份宁静，也是美。谁会说那些拒绝诱惑的孔雀是乌鸦呢？人也一样，静悄悄地努力完善自己，不张扬地、点点滴滴、行善天下，难道不美吗？

暴　龙

电视里播放"动物世界"的纪录片。科学家考证出远古时期存在着好几种恐龙，其中有一种恐龙叫暴龙，它身体庞大，牙齿坚利胜鳄鱼数十倍，远非一般恐龙所比。那时，它在动物界称王称霸，雄视一切弱小动物，似乎一切弱小者都能成为它胃囊中的佳肴。它体大力大胃口大，是强中之强。

弱肉强食，适者生存，是自然界生物发展的一种必然规律。可是这位霸主，现在哪里去了呢？人们只能从黄土里、从遥远的历史里，了解它曾有过的强大。在满世界鲜活的生命里，现在它只能以化石的身份证明它曾有过的荣耀。

可见，世上的一切，并不是越大就一定越有生命力。暴龙的灭绝是源于它强大的胃口，私壑难填，终于导致消亡。暴龙于人的警示是：不要一味以强自居，不要一味放纵私欲。

爱情话题

爱的态度

某些过来之人关于男女间求爱有一种经验之谈，谓之：谁先开口谁先输。这个"输"即是今后在对方面前"矮"下去的意思。电视上报道过一则新闻，有关单位在公园里举办了一个大型的男女青年交友会，旨在给忙碌的单身青年提供一个遭遇爱情寻觅伴侣的平台。参加者胸前别上标志，使人一目了然。有个小伙子溜达了一天无收获，记者问他有否看到中意的，他说遇到过几个，但人家没上来邀他。记者又问那你为何不主动出击？他很坦率地说，还是让女孩主动上来比较好，将来我可进退自如。

看来，这个小伙子一定是受到上述"经验之谈"熏陶过的。我有些为他难过——这样年轻的生命，心理却如此苍老。

如果真的向往爱情，男女双方在追寻爱情的跑道上相向奔跑，奔跑的速度也许不一样，但态度应是一样的——一样的竭尽全力。

倘若一方仅是欣赏对方奋力的姿态，自己则是害怕心力、体力的消耗和损伤，只慢悠悠地等待着对方奔过来，那么，这样的爱情，即使相遇，也难以刻骨铭心并相互感恩。

途中的艰难险阻会损伤、消耗奔跑者的体能，也锻炼着奔跑者的意志。因为相向着，相互很容易观照。用什么来激励对方？唯有自己的态度！一方态度的懈怠，会销蚀另一方的激情。爱情确是两个人的事情，这里没有索取，是相互的奉献。

爱的级别

曾在电视、广播电台的一些谈话节目里，听到过有关爱情话题的讨论，有人认为爱一个人，必定要关心他的行踪、了解他的喜恶、打听有关他的一切琐碎，以为这是爱之深的缘故。这当然也是不错的，因为心在他身上，这心必要跟着他的行踪，所谓在兹念兹即是。

但我认为，这还不是爱的高级表现。高级的，虽在兹念兹，亦要有所放心。这心一放，也给了所爱之人一份自由。向往自由是人的天性，若以爱的名义禁锢了人的天性，人是要反抗的。反观周围一些婚姻的解体，并不是一方缺少对另一方的关注，恰恰是关注过了头，使一方时时刻刻犹如在显微镜或监视器下过日子，做人如果没有了基本的安全感，也就失去了婚姻的幸福感。试想，世界上有哪一个人是经得起一路追溯、反复咀嚼有关他的一切琐碎呢？太阳底下会有阴影，月亮也有残缺时，何况人呢！

所以，要懂得，爱一个人，是认识到他的好，感受到他的美。故此，不必去处处探听他、跟踪他。只把好揽在怀里，温暖自己；把美嵌进心里，取悦自己。既活在爱的现实里，亦活在爱的梦幻里。而让属于他个人的一份天地、一点隐秘、一种弱态只属于他自己。

爱，需要一份自由，也需要一点盲目。这两样，彼此要相互给予、相互拥有，这样的爱才会有长久的生命力，才称得上爱得高级。

最难风雨故人来

眼前是这样的画面：烟雨迷蒙，近草远树；茅舍居中，门洞大开；一布衣老者执杖肃立，目视前方。

这样的画面，常常出现在古画中，那是古人寻常的生活景象。现在令人感慨的是，古代的景象，出现在今人的笔下。

今天，还有谁会长时间地候在门前，等候故人从风雨中来？今天，还有多少人会冒着风雨去探望那个依旧布衣的老友，仅是为了心头的想念而没有其他的目的？

现代化了，一切节奏加快了，过去的友情如果还未来得及失去，偶尔拨个电话，已属难得；鱼雁往来，好像也成了现世奇观。纵然一方有份闲情逸趣，学一学古人，用梅花笺，用毛笔，端端正正写封书信，问候身心，吐点衷肠，寄予友人，然而那位急匆匆忙碌碌的朋友能否有一份闲心来欣赏你的这份闲情呢？倘若抹不开脸，心里过不去，给你回封信，看到几行潦草的圆珠笔字，你心又作何思量？即使你有雅量体谅他，但是自己投出去的闲，反弹过来的忙，也足以让人觉得自己的尴尬与不识时务，反倒觉得自己欠了人家什么。

友情是奢侈的，双方没有足够的气量与耐心，休想享用它。人是一种孤独的动物，没有孤独就不能称其为高级。但是，人又不能承受绝对的孤独。高级的感情动物是需要多方面的感情滋养的，其中包括友情。

茫茫红尘中，谁没有心软的时候？想象一下，因为仕途遭挫，或者商途败阵，或者学途受阻，在一个风雨凄迷的黄昏，你枯坐空房，对影自怜，凄凄惨惨，冷冷清清，纵然寻寻觅觅也无所事事，你心灰意冷，寂寞难挨呵！无聊中，你叩响了记忆之门，你忆起了少时两小无猜、共做游戏的小朋友，你想起了求学时同聚灯下共寝一室的老同学，你念起了人生路上曾经相扶相携、秉烛长谈到三更的挚友……现在，他们在哪儿呢？突然，叩门声声，恍惚中，开了门，心念的友人不期而至！惊问：今为何来？答：只为看望你。如此，你的心怎会不热？

我的一个旧日朋友 T 君，十多年商海搏击，赚得好风光。钱多了，人性的弱点也暴露出来了，渐渐地，羞于与我们这些寒酸朋友为伍了。穷朋友打过去电话，常常不接。有时公众场合遇到，敷衍几句，眉眼间也都是财大气粗的神情。

然而，应了古话，天有不测风云。去年他自筹的公司，发生了一场变故，全部财产化为乌有，自己还被告上法庭。世俗道理：人在失意时得罪了人，可以在得意时弥补；在得意时得罪了人，却难在失意时弥补。你在车马喧嚣的时候疏远了昔日寒友，又怎能期望在门庭冷落的时候车马重来？

但是，毕竟是朋友一场呵！听到 T 君的变故，念着他的不易，想着彼此曾有过的情谊，心里总是有些难过，不知如何安慰才恰当。门是不便去登了，信也不知怎么写才好，电话也不敢打，怕他突遇变故，人心脆弱，或有误会，更难承受。

想了想，只在圣诞节前，寄给他一张卡。卡是跑了几处挑选的——大片的黑暗里亮着一束烛光。春节时，我收到了他回赠的新年卡。卡上一行钢笔字：你不变的友情是我黑暗中的烛光！我心一动，再仔细端详卡上的画面，是一幅现代画家的国画：烟雨迷蒙，近草远树；茅舍居中，门洞大开；一布衣老者执杖肃立，极目远眺，目有所系。画名：最难风雨故人来。

既问耕耘，亦问收获

记得诗人泰戈尔有句名言叫做"但问耕耘，不问收获"，相信许多人都耳熟能详，我也不例外。在我非常年轻的时候就把这句话当做座右铭，用毛笔把它工工整整地抄在卡纸上，夹在每天能看得到的玻璃台板下，以此来鞭策自己，专心学习，潜心工作，忘掉名和利。

但是随着年龄的增长，渐渐地我对自己的座右铭起了疑惑，我发现自己"耕耘"之后做不到"不问收获"。特别是每到年终岁末时，常常要问自己：这流逝的三百六十五天里，你有没有收获？收获大不大？

其实，仔细想想，世上又有哪一个耕耘者是不期望收获的？正像掘井是为了得水，播种是为了收割。我们的辛苦，我们的付出，就是期望有所值，有所得。

设想一下：如果一个农民辛辛苦苦耕作了一年，结果颗粒无收，饭也吃不上；一个教师忙忙碌碌教授了一学年，结果学生考试大多不及格；一个小伙子一年里给爱慕的姑娘写了几百封求爱信，结果一点回音也没有，我们又怎能不说这是悲哀！

细究起来，泰戈尔老人的意思或许只是教人耕耘要心无旁骛，不要急功近利，也不要光想着收获而忘记了耕耘，如果能切切实实，认认真真地多多耕耘，即使不去关注收获，收获自然也会来的。这当然是不错的。事实也证明，如果急功近利不扎实地耕耘，收获也往往是浅薄的。

但是，我想，我们在耕耘的同时是不必讳言收获的。关注收获、过问收获、考量收获，最大的好处是能获得反馈，以便检验我们平时的耕耘是否到位，是否得法。如前所述，一个农民辛苦耕作了一年颗粒无收，那就要检查一下，是否种子有问题，还是别的什么原因；一个教师终年忙碌学生成绩多是不及格，那这个教师的教学肯定有问题，忙得再多也终是误人子弟；一个求爱者写了那么多情书都没有丁点回音，那你就要考虑一下自己是否是个一厢情愿者？而一厢情愿又哪能两情相悦呢？

我们从收获的反馈里，检验了自己的耕耘，所谓一分耕耘换来一分收获，便是种瓜得瓜种豆得豆的正常，也说明我们的耕耘没有盲目瞎起劲。如收获不正常，就要检查一下耕耘是否有问题？如是，就要修正和调整我们的耕耘，使耕耘到位和得法，让我们的汗水不白流，光阴不浪费。人的生命毕竟是有限的，南辕北辙式的耕耘，人生实在担不起。因此，我觉得，假如把"既问耕耘，亦问收获"作为现代人的座右铭，或许对于我们的人生具有更现实更积极的意义。